「啊—啊—」和「啊、啊」不一樣？

日本語不思議

日本人也想弄懂的曖昧日語妙集合

すばらしき日本語

清水由美——著

前言
日語，去蕪存菁又嚴整的語言

我是個愛乾淨的人，喜歡把房間的每一個角落都打掃得一塵不染，喜歡把東西放在屬於它的地方。廚房也得亮晶晶的才行，把髒兮兮的平底鍋和盤子洗乾淨的感覺讓人神清氣爽。我最討厭看到地板上堆放著累積了一個星期的報紙，以及貓咪的玩具散落一地。當然書架上凌亂不堪還積滿灰塵的狀態，是絕對無法忍受啦！每當看到貓咪掉落在樓梯上的毛在那兒飄啊飄的，也會使我感到焦躁。

我認為日語是一種很漂亮（きれい）的語言。

因為我是個愛乾淨（きれい）的人，所以特別喜歡日語，覺得日語真的很棒，無庸置疑。

日語在一些邊邊角角的地方（大致上）都整理得很得宜，（在大多數的情況下）東西也都好好地待在應該出現的地方，（幾乎）沒有不需要的東西散落的情形。就算是乍看之下好像多餘的部分，只要花點時間思考一下，還是能發現，其實（大部分）還是有其功能，絕非累贅。的確，日語就像是一間裝配了最新式的家電用品，井然有序又乾乾淨淨的廚房，充斥著「機能美」。

嗯，日語實在太讚啦！

對了，希望各位看官們不要誤會，我想傳達的意思並非日語比〇〇語優秀，或相較於◇◇語，日語比較漂亮。我也沒有要傳遞日語比△△語的發音，聽起來更柔和好聽；日語的語彙比〇〇語精緻細膩，或是日語比◇◇語更富於變化和韻味等意思。

基本上，我所知道的其他語言（說是知道，也不過只是還算能拿得出手的程度），也只有英語而已，對〇〇語或◇◇語可是一竅不通。理所當然也沒有能力把日語拿來和世界上其他千百種語言來做比較，然後得出日語比較優秀、漂亮、乾淨或具有機能性。

只是，從二十五歲左右開始，我就一直從事日語教師的工作至今，因此經常會被留學生問到許多異想天開的問題，讓我有機會對日語做更進一步的思考。在思索的過程中，有好多個瞬間，讓我產生「啊！日語真漂亮！」的念頭。這並非和其他語言比較之後所得出的結論，而是只從觀察日語這個語言所得到的想法。

然而，和我有一樣想法的日本人（或許定義上有點籠統，但這裡我想說的其實是以日語為母語的人）卻少得可憐。有些日本人認為，日語中有許多微妙、細膩的表現，並以這種缺乏明確根據的理由而引以自豪。此外，還有些日本人抱持著一種「自責的日語觀」，認為日語是一種曖昧的語言，不適合用做理論性的思考，而且不知為何，後者的人數還不少。說實在的，從真正意義上了解到日語精妙之處的人，真的不多。

我覺得這實在是一件很可惜的事情。

日語這種語言在許多地方都展現出它的合理性，是一種宛如奇蹟般，去蕪存菁又嚴整的語言；我真希望這件事情能有更多以日語為母語的人了解。我們不用去和其他語言來做比較，只要仔細地去觀察，這個作為自己母語的日語本身。我相信這麼做之後，人們一定會為日語所顯現出來的美麗面容所驚豔的。

那麼我就先嘮叨到這啦！我得去找一下已經消失好幾天的眼鏡才行。嗯……會不會在那一堆報紙中呢？有沒有可能是掉在貓咪的玩具箱裡啊？難不成會出現在流理台的鍋子裡……唉唷！看來得用吸塵器好好打掃一下了。

我很愛乾淨，喜歡整潔的環境，但為什麼維持理想的狀態那麼費勁兒啊！

唉呀！還請各位讀者趕緊翻頁，繼續讀下去吧！

目錄

第2章 停不下來的敬語

第3章 「好玩」的日語

第4章 來翻翻字典吧！

第5章 讓人不愛的日語

第 1 章

最喜歡日語了！

嘿嘿……這一章的標題是不是有一種剛上場就來一記正中直球的感覺啊！雖然我耳邊似乎隱約可以聽到，「拜託，下標題可不可以認真一點啊！」的吐槽聲，但誰叫我就是這麼喜歡日語呢！身為一位日語教師，能把最喜歡的日語作為自己的工作，是一件無比幸福的事。本章中，我將舉出幾個日語吸引自己，以及日語令人著迷之處，來和讀者分享。

日語終於有文字啦

在好久好久以前，日本從大海彼岸的巨大文明那裡得到了「漢字」這種文字。當然在這之前，日本列島上也是有語言的，也就是日後被稱為「日本語」的語言。儘管如此，日本人的祖先只是「說」，而沒有使用書寫的技術。之後克服了日本海的波濤襲擊，從文明大國那裡傳來了不可思議的東西。不知道當日本人的祖先們第一次和「文字」相遇時，心理有多麼感動！

竟然可以寫下來並保留記錄！
在聲音消失，自己死了百年之後，還是能留存下來！
可以傳到聲音無法抵達的遠方的人那裡，能夠傳遞訊息！
能向許多人傳達相同的事情！

就算忘記內容，還是可以無限次數反覆閱讀！

啊！文字真是了不起!!

至此，日本人學得了如何把原本一說出口就消失於虛空中的聲音給記錄下來的方法。藉由這種技術，可以超越時空的限制，讓資訊傳播開來。文字的發明堪比留聲機和網路，不！人們在和文字相遇時所受到的衝擊，應該更勝留聲機和網路吧！

話雖如此，很可惜「漢字」對日本來說畢竟是用來記錄「中文」這種外語的文字，而且在發音和文法上有明顯差異，漢字就是國外的文字。因此漢字不能直接拿來當成書寫日語的工具。

面對這種情況，日本人首先想出來的解決方法是「萬葉假名」。換個方式來說，就是假借字（当て字）、假借音（当て読み）。看到這裡大家腦海中是不是馬上

浮現出「夜露死苦」（よろしく）這幾個字啊？好個不良少年，好樣的！

只是借用聲音這樣的做法，在寫的時候還是得花費不少時間，畢竟漢字的筆畫數很多。為了加快書寫的速度，日本人拆解漢字，創造出「平假名」。

就這樣，日本人在獲得了「假名」這種表音文字後，變得更加自由自在，因為手上已經擁有可以用來書寫日語的方法了。雖然在陸橋下一筆一畫寫上「夜露死苦」，會被巡邏的警察伯伯抓起來，但如果換成「よろしく！」或「ヨロシク！」的話，一下子就能完成了喔！（注意：在公共資產或別人家等地方塗鴉，是違法的喔！就算是時間縮短了，也還是犯罪行為）

把文字混在一起吧

不過看起來，日本人在認識了漢字這種表意文字後並沒有得到滿足，還要進一步把漢字拿來使用。和過去不同的是，這次既不拆解也不加以省略，而是把完整的漢字和它所蘊含的意思，整個拿來為己所用，各位看官們是不是也覺得，這種思考方式很有彈性呢？於是乎日本人自己創造出來的「假名」和外來的「漢字」就這樣在一起了。看起來很不可思議的「漢字假名混寫文」（漢字仮名まじり文），就這樣成為了日文的標準書記系統。

怎麼樣，是不是很厲害啊？

然而對從小就接受日本國語教育的人來說，因為這件事情太過理所當然，所以很難感受到其中的厲害之處。為了讓大家都能認識到這件事不簡單，我用下面

從漢字到片假名、平假名的誕生

◆片假名和平假名的字母（創作假名時所使用的漢字）為不同漢字的例子

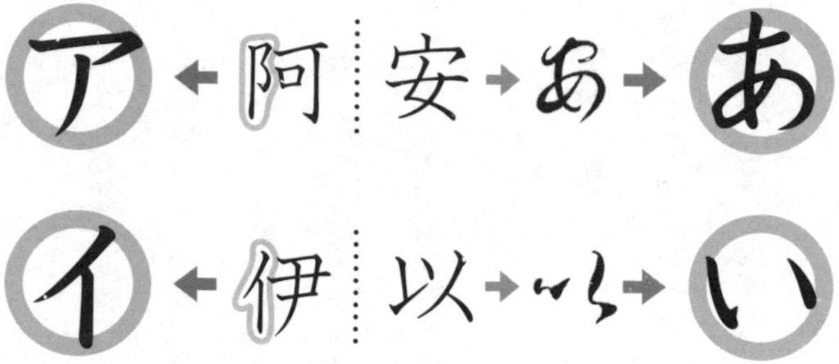

◆由相同字母創作出來的片假名和平假名的例子

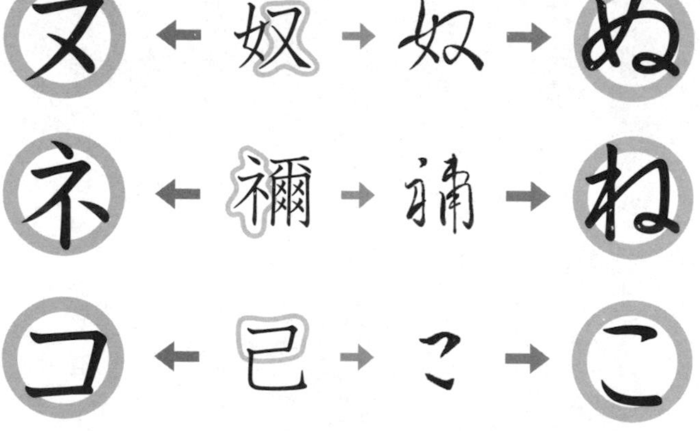

這個看起來有點牽強的例子來做說明。把外來的文字，不加以改變直接和本國的書寫系統混合在一起的話，就會變成這個樣子。

table に、red い wine の glass が、two つ。
autumn の sun ざしに shine めいて、とても beautiful しい。
さあ、drink もう、eat べよう。

因為英語字母不是表意文字，所以寫成「漢字假名混寫文」還是有很大的差異，但和前面這個例子相比，本質上其實沒有什麼不同。也就是，把用來表現外國語言的文字（例如漢字或字母），不做變動就拿來混搭，來表記自己的語言（日語）。

為了方便讀者理解，我把前面這段奇妙的文字以「漢字假名混寫文」改寫如下。

食卓に、赤いワインのグラスが、二つ。
秋の陽ざしに煌めいて、とても美しい。
さあ、飲もう、食べよう。

其實只要想到「赤」、「陽」、「煌」這幾個字原本就是「外國語」的話，再回過頭來看已經習以為常的「漢字假名混寫文」，的確會有種奇妙的感覺呢！

連讀法也混在一起吧

不只是文字，日本人的祖先們在讀法也下了功夫。他們把接近外國語（中文）原來發音的單字，和日語中原來就有的單字，共用一個漢字來表示。前者稱為音讀的漢語（例如：食卓），後者為訓讀的和語（例如：食べる）。這又是一項了不得的技巧！實在太具有獨創性了。

但厲害歸厲害，這種做法其實存在著副作用。這麼做會導致日語的書寫體系不只是國外的學習者，甚至是對日語母語者來說，都得花費大量的精力才能學習。明治維新（文明開化）時期「漢字廢止論」曾一度甚囂塵上，其後日本國內甚至有文學家倡議，應該把法語拿來作為日本的「國語」。

然而還是有許多學習者在「麻煩」中發現了日語的魅力。幾乎所有來自非漢字圈國家的留學生們，把音讀和訓讀混在一起，千方百計地想用漢字寫出自己的名字。他們努力地去搜尋和自己名字的原音相近，而且「語意還不錯」的漢字，然後在成功地把自己的名字轉換為（他們自認為）帥氣的漢字後，就會在網路或市面上找印章店訂製一個漢字名字的印章，接著在繳交給老師的問題和作業紙上，興奮地蓋上自己的印章。總而言之，一個具有意義的文字，而且讀音還不只一種，這件事對外國的日語學習者來說，實在是太具有吸引力了。唐納．基恩（Donald Keene）這位對日本文學有大恩的人，於二〇一九年過世了。他在311東日本大震災後選擇歸化為日本國籍，這件事大大激勵了受到地震嚴重摧殘的災區士氣。唐納先生的漢字名稱非常帥氣，叫做「鬼怒鳴門」（日語名字きーん・どなるど的發音近於原英文名字，但「名」和「姓」的順序顛倒）。

漢字的字體複雜，再加上還有不同的日語讀音，因此使用起來確實有其不便之處。但從明治時期到現代，社會環境已經發生了天翻地覆的改變。至少在當今的日本，漢字已經不用「寫」了，而是用「打」的。不管是寫電子郵件、管理行事曆或製作資料等，手寫的機會已大幅下降。因此單就漢字的字體繁複這件事來說，難度這個門檻實則大為降低。因此若要捨棄這套充滿特色又有魅力的文字書寫系統，實在是太可惜了。「漢字」以及「漢字假名混寫文」呈現出來的混合美感，不是很讓人樂在其中嗎！

「いろは歌」的作者令人佩服

稍微把話題拉回來，讓我們來看看假名文字與聲音之間關係的吧！日語中，不管是關於什麼領域的入門階段，都可稱之為「イロハ」，例如「從頭開始學做料理」（料理のイロハから教わる）或「連商業的基礎知識都沒有」（ビジネスのイロハも知らない）。想必日本人都知道，這三個字就是「いろは歌」裡頭，一開始出現的三個字，「イロハ」被用來表示某件事物的基礎。

いろはにほへと　ちりぬるを
わかよたれそ　つねならむ
うゐのおくやま　けふこえて
あさきゆめみし　ゑひもせす

在這首歌裡頭，今天使用的日語中發音為「イ」和「エ」的文字，各有兩個收錄其中（分別是「い」和「ゐ」、「え」和「ゑ」）。但現代日語中的「ん」卻不見其身影，而且也無法區分出清音和濁音，由此可以得出，「いろは歌」和現代日語之間存在一定的差異。雖然並不是說過去的日語中不存在「ん」或清、濁音，但「いろは歌」已把當時的日語中會被用到的所有發音，以正確的「音節」呈現出來，並能滿足書寫時所需的四十七個文字了。而且厲害之處在於，每個字都只使用了一次而已。更令人感到佩服的是，這首歌除了音節的排列相當優美，而且文字整體讀起來還具有意義。

但我認為「いろは歌」真正令人讚嘆的地方，姑且不論其作為歌曲的形式之美，而是內容中提示出，日語在書寫時所需要且足夠的文字數量為四十七個這件事。在前面萬葉假名的部分我曾說過，到現代日語的假名確立為止，其實經歷了一條蜿蜒曲折的道路。

翻開古文書來看——啊！抱歉抱歉，我說謊了，其實我看不懂日語的古文書啦！以前我覺得能讀懂古文書很帥，所以也曾試著想挑戰看看，但一看到那些不知道該從哪裡斷開才好、連續扭曲線條後，就立刻打消了想要讀懂它們的念頭。但過去自己一頭熱時所購買的《字典かな》這本小書，目前還留手邊。翻開這本書會發現，「あ」這個字源於漢字的「安」，但發「ア」這個音的假名，其實可不只「あ」這個字而已，其他還可舉出「阿、愛、亜、悪」這四個漢字。而且，由這些的草書所演變而來的假名文字，形狀都和現代平假名的「あ」長得有點像，但又有哪裡不太一樣，這些假名都被稱為「變體假名」。看來在古代，標記一個音的假名文字，原來有好幾個啊！時至今日，我們依然可以在一些頗有歷史的蕎麥麵，以及和菓子店鋪的招牌上，看到這些有點謎樣的文字。

由上述內容可知，古代日本實際使用的假名文字數量，應該是遠遠超過了四十七個。儘管如此「いろは歌」的作者還是能判斷出，不同的文字其實有著相同的發音，並將其數量濃縮為四十七個，我認為這正是他的不簡單之處。雖然現代日語已經沒有這樣的區分了，但「い」和「ゐ」、「え」和「ゑ」以及「お」、「を」，在古代的發音應該是不一樣的，正因如此它們才會分別使用不同的文字來表現。

能不受到文字的影響，分辨出發音的不同之處，是一件不容易做到的事情。舉例來說，「お姉さん」的「ねえ」和「丁寧」的「ねい」，雖然用假名書寫時是不同的字，但在實際的自然發音時卻同為「ネー」。此外「ありがとう」的

「とう」和「遠い」的「とお」，兩者的發音同為「トー」較為自然。總的來說，エ段音和オ段音在標示長音時，雖然各有兩種方式，但在上述情況下，「い」和「え」、「う」和「お」的文字雖然不一樣，可是發音卻是相同的。我認為面對這種情形時，能夠立刻且充滿自信地說明箇中差異的日語母語人士，應該不多吧！

綜合上述內容，這就是我為什麼會如此佩服「いろは歌」作者的原因了。話雖如此，這首歌的作者到底是誰，至今仍是個謎。「いろは歌」創作出來的年代普遍被認為約在十世紀末到十一世紀中葉這段期間。有些觀點認為，「いろは歌」的作者是僧人空海，如果這個說法屬實的話，弘法大師（空海）不但在日本各地挖鑿溫泉，還創作了這麼美妙的作品，實在令人仰之彌高啊！

仍可在某些店鋪的招牌上看到
至今還在使用的「變體假名」

◆蕎麥麵店的招牌

生曽波　→　きそば

◆鰻魚店的暖簾

宇奈幾　→　うなぎ

＊「ば」和「ぎ」在變體假名右側有打上濁音符號（濁点）

從「いろは歌」發展到五十音圖

「いろは歌」雖然很不簡單，但還是存在著無法使人一目了然這樣的缺點。這個缺點後來被「五十音圖」（五十音表）解決了；它能讓人看一眼即可迅速掌握日語中使用了哪些音。五十音圖張貼在日本小學的教室牆上，對接受國語教育的日語母語者來說，是再熟悉不過的一張圖表了。儘管如此，當我們重新去思考這張圖時，還是能感受到蘊含在其背後的合理性，以及絲毫沒有多餘的厲害之處。

あいうえお
かきくけこ
さしすせそ
たちつてと
なにぬねの

はひふへほ
まみむめも
やゆよ
らりるれろ
わを
ん

首先在第一行中，五個母音排排站好。所謂的「母音」是指，聲帶的震動沒有受到嘴唇和舌頭的阻礙，在和氣同時呼出時所產生的聲音。當舌頭的位置和嘴巴的開闔程度不同，音色也會有所改變。現代日語的母音有五個，附帶一提，五這個數字相較於世界其他不同的語言來說，是相當少的。

然後從第二行開始，各行分別在母音前加上了共同的子音後所形成的音節，也是五個排排站好。如果用羅馬字母來表示的話，第二行是加上了K這個子音所形成的カ行音。K的發音，是把舌頭從靠近舌根的部位抬高，然後在抵達口腔的上部後暫時停止氣息的流通，接著讓氣息伴隨著母音所一起發出的聲音。也就是說第二行中的カキクケコ這五個成員，從縱向來看，共享了K這個子音，從橫向來看，又各自和右邊的アイウエオ擁有相同的母音。

其後的サ行、タ行、ナ行……也是以相同的方式形成，最後共同建構了這張五十音圖。五十音圖在我腦中所呈現的形象，就像是有五個小朋友為一組，他們戴著相同花色的帽子，左手往前伸，右手搭著旁邊的人的肩膀，啊！真是太可愛了！另外，ア行的五位小朋友，因為右邊沒有人的緣故，所以右手插腰。然後位在最前列的人，則是左手插腰。怎麼樣，是不是很可愛啊！

不過可惜的是，每一組五個人的帽子顏色其實並不完全相同，存在著些微的差異。這是因為，各行的子音受到五個母音嘴部開闔程度不同的影響，所以才無

法發出完全相同的音色。以サ行來說，「さすせそ」和「し」在子音的表現上就相當不同。雖然兩者都是抬升舌頭，使其和口腔頂部之間形成狹窄的空間，然後才發出的摩擦音，但從舌頭抬升的位置來看，「さすせそ」是舌尖靠近門牙的後方，與之相對，發「し」的音時，抬升的則為舌尖後方舌頭的中間部位。在タ行中，「たてと」和「ち」、「つ」的子音表現也不一樣。另外ハ行的「はへほ」和「ひ」、「ふ」也存在差異。

若以平文式羅馬字（ヘボン式しきローマ字じ）來做排列，確實可以看出子音彼此之間的差異之處。

sa shi su se so

ta chi tsu te to

ha hi fu he ho

而且「ひ」的子音和「はへほ」的不同之處，就連平文式羅馬字也沒有注意到。如果維持用「ひ」這個子音的嘴型，來發アイウエオ的話，就會變成「ひゃ、ひ、ひゅ、ひぇ、ひょ」，果然呈現出來的音就會有所不同。此外，就算是乍看之下完全相同的カ行、ナ行、マ行、ラ行，它們位於イ段的子音「き、に、み、り」，在和其他成員比較之後，還是可以找出些微的不同之處。如果維持發出這幾個子音的嘴型，來唸アイウエオ的話，就會出現像「きゃ」、「にゅ」、「りょ」這樣的音。想要發母音イ的音時，無論如何舌頭的中間部位，就是會呈現出往口腔頂部方向抬升的狀態，所以子音的發音也會受到影響。為了反應出這種狀況，表記方式採用了小寫的「ゃ、ゅ、ょ」，也就是「拗音」。最近像「ひぇ、にぇ」或「じぇじぇ」這樣，使用小寫「ぇ」的表現方式，似乎也漸漸普及。

話雖如此，如果能在這些小差異上睜一隻眼閉一隻眼的話，帽子會有九種顏色。而且，如果把只有母音的組別也算進來的話，全部則有十種顏色。這麼算起來，每五個人排成一列的小朋友，總數應該要有五十個人。然而ヤ行和ワ行的成員裡並沒有五個人。這是因為在「いろは歌」中，假名「ゐ、ゑ」的音在現代日語裡，和「い、え」的音之間的區別已經消失了，所以才湊不齊五個人。途中留下的空白，真令人感到惋惜。

儘管這樣，整體看來五十音圖還是稱得上整齊劃一，看起來像極了學校集會時大家規規矩矩的樣子。這真是一張有組織且又井然有序的圖表啊！五十音圖中不但把母音的數量定為五個，而且還藉由仔細觀察發音時口腔內的變化，找出每一行共同的子音，經過重重步驟，最後才終於製作出這樣一張圖來，想來這真是一件相當不容易的事。每個人出生後，在日常生活中自然習得的母語裡，要能在發音時同步觀察口腔中的變化這件事，尤為困難。

假名不動如山，還以真面目示人

接著讓我們來看看，如此不簡單的假名文字，當實際運用在單字和文章中時，假名和音之間的應對關係吧！假名是一種表音文字，而表音文字原則上，音和文字為一對一的關係。從這一點來看，日語中的假名可是能拍胸脯掛保證的表音文字喔！就拿字母系統（Alphabet）這種公認最具代表性的表音文字來說，實際上也沒有做到音與文字的一對一關係。尤其，在如今已席捲全球的英語中，音和文字之間的偏離，更是屢見不鮮。

舉例來說，日語中的「あ」，文字的名稱也是「ア」，不論何時出現在何處，發音都是「ア」。但英文字母的a就不是這樣囉！作為字母的名稱時發音雖為「エイ」，然而一旦進到單字裡面，發音就變得多元起來了。cat、baby、all、eat、coat……發的音全都不一樣。

反觀日語的假名，那才稱得上不動如山，以真面目示人呢！就算發音稍有變化，也不會出現像英語那樣自由奔放的情形。一個假名所對應的音，最多也就兩個而已。下面我用平假名來表示文字，用片假名來標音，舉出幾個日語中代表性的發音變化。

①助詞的「は」（發音為ワ）
②助詞的「へ」（發音為エ）
③標示為エ段的長音時所使用的「い」（發音為エ）
④標示為オ段的長音時所使用的「う」（發音為オ）

①和②算是一般人比較容易意識到的例子，但③和④或許有些人就會稍微摸不著頭緒了。③的例子其實在前面我已經提過了，「丁寧」（ていねい）實際上

在發音時為「テーネー」，也就是說長音符號的部分沒有發「イ」而是「エ」。「時計」（とけい）、「先生」（せんせい）、「令和」（れいわ）也是如此。在自然發音下並非「ケイ」、「セイ」、「レイ」，而是像「ケー」、「セー」、「レー」這樣，發的是「エ」的音。反之，エ段長音按照發音使用「え」來拼寫的詞彙其實相當少，大概僅有「おねえさん」、招呼人時會用到的「ねえ」，以及附和對方時的「ええ」、「へえ」左右而已。

至於④的話，「ありがとう」和「どういたしまして」中的「う」，實際上發的音為「アリガトー」「ドーイタシマシテ」，發的是「オ」音。這個オ段長音也和前述的エ段長音狀況一樣，真正依照發音的「お」來拼寫的詞彙也很少，大概只有「大きい」（おおきい）、「遠い」（とおい）」「通り」（とおり）、「十」（とお）這幾個常見的例子而已。如果讀者們想要和像寅先生這樣的人說聲「ありがとうございます」的話，可能會收到對方回覆你「アリが十ならミミズは二十歳*」，這句話其實就是因為「とう」和「とお」的發音一樣，才能成立的玩笑話和雙關語。

前面的四個例子都是一個假名文字有兩個音的情形，反之也有兩個文字的音是相同的情形。和①、②一樣，這對日語母語者來說，是比較難去注意到的。

⑤助詞「を」（＝オ）

偶爾想要特別去做強調的時候，例如想說「私**が**じゃなくて私**を**、です」這句話時，確實會出現把「を」發成「ウォ」的情形。「を」是ワ行的一分子，這

＊「アリが十ならミミズは二十歳」是當自己被他人感謝（ありがとう）時，用來把場面帶過去的話。日文中「ありがとう」（謝謝）和「アリが十」（螞蟻十隻）的發音相同。

個傳統仍延續至今。但如果不是前面所舉的例子那種情形，「お」和「を」的發音，基本上是一樣的。

以上就是假名和發音的對應並非一對一的五種情形。如果要進一步深入來談的話，小寫的「っ」和出現句尾的「ん」，其實也並非單純地只對應到一個音而已。儘管如此，日語的「拼寫」和「發音」之間，並沒有出現衝突的這項特色，難道不是值得驕傲的一件事嗎？至少相較於英語等字母系統的無序，日語可真令人爽快多了。雖然在日語的表記上，漢字是個繞不開的難題，但無論遇到如何難讀的地名或使人腦洞大開的「キラキラネーム」（奇葩名字），只要標注上假名，那麼所有的問題都能迎刃而解。不管是日本的小學生還是剛開始學習日語的外國人，都可以簡單而且正確地出聲來讀，無須提心吊膽。因此，我真的很不想再聽到有人說日語很難，或日語是曖昧含糊的語言這種以偏概全的言論了。

反過來說，只要懂得假名，任何人都能寫出，不！應該說是「打」出，那些有難度的漢字。我們要做的事情只有敲敲鍵盤或智慧型手機，然後按下「變換」鍵而已。雖然仍得從好幾個出現的候補名單中挑出正確的選項，但在面對像是「憂鬱」或「薔薇」這類筆畫超多的漢字時，應該已經能鬆一口氣了吧！不用戴上老花眼鏡，一筆一畫寫出來。今後當再遇到日語的「毀誉褒貶（性格兩極的貓）」、「不撓不屈（地纏著要和人玩耍）」、「堅忍不拔（的精神，等待牠的飯）」這些漢字時，都不用擔心，簡單地「寫」，不！「打」出來就對了。

但不知道是不是因為越來越方便的原故，最近學生們所繳交的作業和過去手寫的相比，看上去顯得黑乎乎的，我想這和他們能夠使用較難的漢字有關。前一陣子從留學生交上來的作文中，竟然出現了「聊か」這個單字，因為我對這個詞彙的讀法有點沒信心，所以輸入了「いささか」來做變化，結果出現的後補選項中，和「些か」並列的還有「聊か」這個字。當時我還在心中吶喊了一聲 Bingo 呢！先不管日語教師會受到學生用漢字讀音來考驗的這件事，只要能記住日語單字的意思和正確的發音，亦即能夠正確地輸入假名的話，想要「書寫」日語，在今天這個時代，可以說已經沒有任何困難之處了。

穿著紅鞋子的辣妹在女子會上……

嗯，本章行文至此，是不是已經讓大家覺得「日語好棒棒！」了呢？到目前為止我們已談完了聲音和文字的關係，接下來要進入單字（字彙）的領域。雖然希望大家也能覺得日語的單字很厲害，不過正是在單字中，暗藏著日語稍微使人感到困擾的地方。

這個令人感到困擾的地方，就是日語中有多到不行的「類義語」。所謂的「類義語」指的是意思相近，或部分語義重疊的單字。日語中之所以會存在那麼多類義語，其中一個原因和「語種」脫離不了關係。「語種」指的是，根據單字的由

來所做的分類。以日語來說，大致上可分為和語、漢語、外來語，至於混合了上述兩種以上的單字則稱為「混種語」，日語的語種可分為這四個種類。舉例來說「女」和「女の子」是和語，「女子」是漢語，「ギャル」為外來語。至於「女子トイレ」和「ギャル男」則屬於混種語。

其中「女の子、女子、ギャル」如果單純用英語來翻譯的話是Girl，而且這幾個單字在意思上重疊之處也不少，所以三者為類義語。但類義語再怎麼說也只是「類義」，而非「同義」。事實上從語言的經濟性來看，世上並不存在意思完全相同的語彙。因為要記住兩、三個完全「同義」的單字，對人類有限的腦容量來說只會造成負擔。就算在某個時期裡確實存在著幾個同義語，但隨著時間的推移，最後自然而然也只會留下其中的一種而已。存在於世上的單字，彼此之間一定存在著差異。例如兩個看起來意思相近的單字，可區分為口頭語或書面語，或是因說話者的年齡和職業不同，出現選擇和使用上的差異。總之不同的單字之間，肯定有彼此相異之處。

「女の子、女子、ギャル」這三個字意思雖然相近，但並非同義。和「女の子」（女孩）相比，「赤い靴はいてたギャル」（穿紅鞋的辣妹）大概很難乖乖地被陌生人帶走吧！另外，不管是「アラフォー」、「アラフィフ」或「アラカン」＊，只要當事人不在意年齡，不論到了幾歲還是能提高自己的「女子力」，或是舉辦「女子会」在會上用大酒杯豪爽地把啤酒一飲而盡。但參與三月三日會端出雛霰（ひなあられ）和白酒的節日活動，還是以小學生左右的「女の子」比較合適。由此看來，「女の子」、「女子」和「ギャル」之間，確實存在著細微但明顯的不同。

正因存在著類義語，所以日語的詞彙在數量上才會如此驚人。許多單字彼此的意思雖然相當接近，但卻無法互換，所以在記憶時的確會有點吃力。雖然我們

＊「アラフォー」、「アラフィフ」、「アラカン」的意思是，「超過四十歲」、「超過五十歲」、「超過六十歲」。

可以用「日語是字彙量很豐富的語言喔」這樣積極正面的觀點來理解這件事，但若從學習者的角度來看，可就不好受了。

然而，詞彙裡若含有漢字，而且我們只要懂得這個漢字的意思，就擁有能去推測這個初次見面的詞彙其代表的意思這樣的優勢喔！只要認識「女」和「子」這兩個漢字，即可簡單推測出「女子」一詞的意思。遇到「女性」或「少女」，好像也能猜出個所以然來。由此可知，這幾個詞彙之間存在著「意義上的透明」（意味的に透明）。就算無法熟練地使用，但在閱讀時卻能夠清楚地區分出來。但要順帶一提的是，從這層意義上來看，外來語及カタカナ語就讓外國的日語學習者抓狂了。就以「ギャル」為例，這個詞彙不只和原文的發音很不一樣，從文字上也找不到能提供理解的線索，而這就是「意義上的不透明」（意味的に不透明）了。

舉幾個經常出現的例子來看，像「水族館」和「水力發電」，我們只需記住一些基礎的詞彙和漢字，像是「水」、「家族」、「図書館」、「力」和「電気」等，就能大概推測出其意思。但如果要用英語記住這兩個單字，可就不容易了。因為我們得去牢記，像 aquarium（水族館）和 hydroelectric（水力發電）這樣「意義上的不透明」單字。只認識 water，是無法類推出這兩個單字的意思的。

因此，存在許多類義語雖然會提高學習上的難度，但反過來說，增加語彙量不也是一種學習上的樂趣嗎？嗯，總而言之我還是覺得日語，ステキ（好棒）！

排列整齊的指示詞

接著讓我們來看看「指示詞」吧，也就是熟悉的これ、それ、あれ啦！指示詞也可作為代名詞來使用，就像「例のアレ、しばらくアッチにアレしといてくれる？」（關於那件事，你那邊先暫時幫我那樣處理可以嗎？）這句話，儘管不

太清楚所指的是哪件事，卻還是能用得很順，是不是很方便呢？

「指示詞」雖然看起來和名詞、動詞、形容詞一樣，都屬於某種詞類，但這裡需要注意的是，指示詞中彼此的詞類其實並不相同。舉例來說，「これ」和「ここ」是東西和場所的指示詞，以詞類來說屬於名詞。至於「この」、「あの」，其後就只能接體言（名詞），因此在詞類上稱之為「連體詞」。也就是說，雖然詞類是以活用等文法上的表現來做分類，但指示詞這個團體，則是因為具有共同的「指示」功能，所以才被劃歸在一起。

那麼指示詞有什麼厲害之處呢？請看下一頁的表格。

怎麼樣，雖然五十音表也很不賴，但這張看起來是不是也很井然有序呢？在我腦中，它們頭上戴著整齊劃一的コ、ソ、ア帽子，在脖子以下，每個組別的成員像是穿著相同的制服。雖然只有「あそこ」和其他人不一樣有點可惜，但除此之外的其他成員可沒有出任何亂子喔！很不簡單吧！啊……副詞的「こう、そう、

這些厲害的指示詞們

指示的對象	近稱	中稱	遠稱	詞類
物、事	これ	それ	あれ	名詞
方向	こちら	そちら	あちら	
方向	こっち	そっち	あっち	
物、人	こいつ	そいつ	あいつ	
場所	ここ	そこ	あそこ	
樣子	こんな	そんな	あんな	ナ形容詞 （＝形容動詞）
樣子	こう	そう	ああ	副詞
指定	この	その	あの	連體詞

あ」那一列看起來好像也有點不整齊耶？不不不，沒有這回事。確實，如果只看第二個字的話，「う」和「あ」或許並沒有統一起來，但它們身上穿著的，都是名為「長音」的制服喔！「こ」、「そ」屬於オ段音，而「あ」屬於ア段音，考慮到如果以「コー」、「ソー」、「アー」來標示長音的話，不是就維持住完整性了嘛！

話說，指示詞的一致性可不只有制服而已。指示詞成員們的動作也整合地極為周密。在前面的表中，雖然是以近稱、中稱、遠稱來做分類，但日語的指示詞中コ、ソ、ア的使用方法，可不是以空間的遠近來決定的喔！如果用說話者和聽話者之間的「勢力範圍」意識來理解的話，其實更容易做說明。從基本用法來看，以コ開頭的成員們所指的，是位在說話者地盤內的事物、人以及場所。至於以ソ開頭的成員們所指的，是位在聽話者地盤內的事物、人以及場所。最後以ア開頭的成員們，在共有說話者和聽話者的地盤之外部的事物、人以及場所。

指示詞既可以在初級的英語會話教室中常出現的對話，如「這是什麼？」「這是筆」，也可以用在要請孩子幫忙按摩肩膀時，像「不是那裡，再往右一點，對了，就是那邊」（そこじゃなくて、もちょっと右。そこそこ！）的情境下，當作例子來加以說明。儘管是自己的肩膀，在接受別人按摩的時候，就算是對方的領域了。此外像是「那件事怎麼樣啦？」（あの件はどうなっとるかね？）、「那件事的話，我已經向對方那麼做了」（あれでしたらもうあっちにあれしときました）這樣的對話，我們可以從內容中了解到，對話中提到的事情，是在對話雙方都有所掌握的前提下，但目前事物並不在他們的管轄範圍之內。

雖然世間萬物有許多事情無法用語言文字來加以說明，但也正因如此才讓人覺得趣味橫生。看到像這樣整齊劃一的指示詞時，有沒有一種好像在看打掃得一塵不染的學生宿舍那種感覺，是不是覺得很厲害啊？讓我們以掌聲來結束這一段落吧！

在家裡，誰最了不起呢？

想和各位讀者再來分享一則有關日語詞彙的事情。這次的主角是「親屬稱謂」（親族呼称）。

假設現在有一對年輕男女相識然後結婚了。他們的感情相當好，彼此甜蜜蜜地稱呼對方為「〇夫くん」（〇夫君）和「△子ちゃん」（△醬），不久之後他們的孩子誕生了。不可思議的是，不知從什麼時候開始，他們倆開始互稱對方為「パパ」（爸爸）和「ママ」（媽媽）。時間過得好快，接著他們的孫子也出生了。這一次他們倆開始互稱「じいじ」（爺爺）和「ばあば」（奶奶）。

不過，這些稱謂不只是用來稱呼對方而已，就連他們本人也以這個稱謂來指稱自己。當孩子出生後，〇夫くん會說「今天是由パパ來幫小寶貝換尿布喔」，在第一個孫子出生後，△子さん搶著表態「以後上小學會用到的書包，讓ばあば

來買」。話說因為「じいじ」喊起來總有點不習慣，所以我們家都喊爺爺「おじいちゃん」。如以上所述，就算存在著個別的差異，一般來說日本家庭中的親屬稱謂，大致的變遷就是這樣。

為什麼會出現這樣的情形呢？難道日語真的是一種鬆散的語言嗎？

當然不是這樣囉！其實這些都能好好地加以說明。在日語中存在這樣一種原則：「家族全體（包含本人在內）所使用的親屬稱謂，會以年紀最小的成員所使用的稱謂為基準」。從出生的孩子們來看，○夫君是「パパ」，因此太太也喊他「パパ」，○夫君自己也叫自己「パパ」。當孫子誕生後，孫子世代和兒子世代，以至於祖母本人，也會稱自己為「ばあば」。

儘管「最年輕的成員所使用的稱謂，為整個集團的成員所使用」，這個原則並非日語獨有，但它確實在日語中發揮了強而有力的作用。此外，這個現象不只存在於家族之中，例如在小學的教室裡，老師對班上的學生說「はい、みなさん、先生のほう見て」（好啦！大家請看老師這裡）時，也是這種原則的體現。在這個例子中從學生的角度來看，老師是「先生」，而且這位老師也以第一人稱的「先生」來稱呼自己。這樣的情況在幼稚園或小學低年級的課堂上還說得過去，但如果是面對國、高中生時還這麼稱呼自己的話，就不太合適了。因為這麼做很像把學生們當成小朋友來對待，所以我認為應該準確地使用「私」才對。

儘管老師稱自己為「先生」的例子，我只有在日語教育課程的講師休息室中聽到幾次而已，但還是要再次強調，這樣的選詞用字真的很不恰當。在學生是成年人的教學場合下，老師若稱自己為「先生」，則是完全NG的行為。或許那些自稱為「先生」的人所面對的學習者日語能力還不夠充分，加上受到母語的影響，日語的發音聽起來有點孩子氣，導致老師在無意識中，把日語學習者當成了小朋友來對待。雖然這樣的例子的確很少，但如果讓我遇到了，肯定馬上送出一張「紅牌」給他。

世界上不存在沒有文法的語言

當我開始從事日語教師這份工作後，不知道為什麼，經常會有以日語為母語的人對我說「日語是一種很難的語言吧！」這句話並非出自日語學習者口中，而是日語的母語人士（Native Speaker）。

嗯……日語為什麼會這麼難呢？不，仔細想想，應該是拿日語來和什麼相比，顯得日語很難才說得通吧！

前些日子，一位「日本語教師養成講座」的學生和我說了這麼一段話。

「英語啊！有很明確的文法體系，可是日語好像沒有什麼文法規則可言耶……難怪這麼難。」

我得說，這位同學你錯得離譜了，這個世界上絕不存在沒有文法的語言。

讓人頗感意外的是，和這位同學持相同觀點的人其實還不少。這些人大多都有學習英語等外國語言的經驗，而且通常學習成果都不怎麼樣，令人感到不可思議的是，這樣的人竟然會覺得日語沒有文法。為何他們會有自己用得溜到不行的母語很困難的想法呢？我一直覺得這是個未解之謎。

總之，世界上不存在沒有文法的語言，所有的語言都有屬於它的文法體系。但文法畢竟不像規則手冊（Rule Book）那樣，先存在名為「規則」的文法，然後才由其他人遵循白紙黑字的規則來進行交談或書寫。或許有不少人對文法抱有前述的想像，然而這其實並不正確。說白了，文法這東西其實就是「事後總結出來的強行解釋」（後からこねた屁理屈）。從現在人們所說、所寫下來的內容中找出法則，然後盡可能以簡單的規則來說明普遍存在的現象，經由這樣一番整理後所得到的理論，就是「文法」了。

由此可知，世上絕不可能存在一本完美無缺、放諸四海皆準的日語文法書，更遑論學者之間也存在著不同的詮釋觀點。至於其中獲得大多數人所認同的文法，就是像「學校文法」或「橋本（進吉）文法*」那樣，冠上〇〇文法的大名，被大眾接受了而已。另外，只要我們在現實生活中所說、所寫的日語會發生變化，想當然文法的記載、敘述方式也會發生改變。正因文法是「事後總結出來的強行解釋」，所以文法會出現在現象之後。就算文法變動的速度落後於現實環境，它仍然是會改變的。

舉例來說，基本上日語國語辭典的卷末，都會附有動詞、助動詞和形容詞的活用表，而且在大部分的辭典中，活用表會分為「文語」和「口語」兩部分。簡單來說「文語」就是古典作品中會出現的古日語，而「口語」則為現代日語。各位讀者有沒有回想起過去上古文課時的回憶啊？沒錯，就是コ、キ、ク、クル、クレ、コヨ、カ行變格活用！大家直到現在是否還是覺得，這些內容怎麼那麼煩

＊ 日本「學校文法」的基礎為橋本文法。

啊？至少我是這麼認為的啦！當時我覺得，這未免和現代日語也差太多了吧！而且不知道是從什麼時候開始，兩者之間出現了這麼大的差異。將這個變化的結果，以合乎現代日語的方式加以梳理整合後所形成的，就是「口語」的活用表。因此並非先有這張活用表，然後大家依此行事，之後在某一天古文突然變成了現代日語。

為什麼人們在學習古文時，需要耗費時間和精力去記住那麼多東西呢？那是因為古文和今天所使用的日語之間存在著不小的差異，甚至有點像一門外國語。但在大家都能說一口流利的現代日語的情況下，也就沒有必要特別去找出口語的活用表來看了。然而正因為如此，當日本人被問到「飲む」的活用為何時，只有少數人能立刻回答出來。或許這個現象可以用來說明，為何有人竟然會認為日語沒有文法。

假名文字表就是日語動詞的活用表

那麼這一節就讓我們「刻意」來看一下，現代日語的動詞活用吧！以下羅列了幾個日語動詞的活用形，不知道讀者們是否有發現到，隱藏在其中的美麗法則呢？

歩**か**ない—歩**き**ます—歩**く**—歩**け**ば—歩**こ**う
行**か**ない—行**き**ます—行**く**—行**け**ば—行**こ**う
聞**か**ない—聞**き**ます—聞**く**—聞**け**ば—聞**こ**う

把這三個動詞相同的部分拿出來後，如下頁所示。

○かない—○きます—○く—○けば—○こう

接下來讓我們縱向來看○之後的第一個字會發現……「かきくけこ」。沒錯！這就是カ行五段動詞。再把其他動詞依照相同的方式整理出來。

泳**が**ない—泳**ぎ**ます—泳**ぐ**—泳**げ**ば—泳**ご**う＝ガ行五段動詞
話**さ**ない—話**し**ます—話**す**—話**せ**ば—話**そ**う＝サ行五段動詞
待**た**ない—待**ち**ます—待**つ**—待**て**ば—待**と**う＝タ行五段動詞
手伝**わ**ない—手伝**い**ます—手伝**う**—手伝**え**ば—手伝**お**う＝ワ行五段動詞

持續相同的動作後會得到，バ行有「学ぶ、遊ぶ、飛ぶ」、マ行有「飲む、からむ、頼む」、ラ行有「取る、散る、踊る」，不斷能發現新的夥伴。在カ、ガ、

サ、タ、バ、マ、ラ、ワ各行中，存在許多「五段動詞好夥伴」。各位讀者發現了嗎？五十音表除了是假名文字的表，還是動詞活用的表喔！文字的一覽表可作為活用表來使用，這真是奇蹟啊！

對了，不能忘掉ナ行也是五段動詞裡重要的一員。然而和其他行不同的地方在於，ナ行的五段活用動詞中，只有「死ぬ」這個成員而已。「死ぬ」是每個人在一生中只會體驗到一次的「變化」。每次當我想到ナ行五段活用動詞中只有這個字的時候，總有一種後面應該存在著什麼暗號的感覺，好嚇人啊！

好啦！前面我們已經看完五段活用的例子了。在日語的動詞中，除了五段活用外，還有「一段活用」集團和「不規則活用」集團。相較於五段活用把五個母音全都用上了，「一段」的意思是，只用到其中的一段而已，其中又可分為「上一段活用」和「下一段活用」。而所謂的「上」和「下」，指的是以ウ段音為中間的上、下。亦即上一段是只用到イ段，而下一段是只用到エ段的動詞。上一段

活用的動詞像「見る、起きる、信じる」這樣，「み、き、じ」這些イ段音，不論怎麼活用都不會有所改變。而下一段活用動詞像「食べる、寝る、覚える」這樣，「べ、ね、え」這些エ段音，也不會有任何變化。

見ない—**見**ます—**見**る—**見**れば—**見**よう
起**き**ない—起**き**ます—起**き**る—起**き**れば—起**き**よう
食**べ**ない—食**べ**ます—食**べ**る—食**べ**れば—食**べ**よう
寝ない—**寝**ます—**寝**る—**寝**れば—**寝**よう

最後剩下的是屬於不規則活用集團的不規則活用動詞了。大家別擔心，因為成員只有「来る」和「する」這兩個動詞而已。我想大多數日本人第一個學習的外國語應該是英語吧！而英語中的不規則動詞，那可真是多到不可勝數啊！光是要記住就很不容易了。和英語相比，日語的動詞真是簡潔又明瞭，以活用的類型來說只有三類，而且不規則活用的動詞只有兩個。雖然還存在五段活用和一段活用，但它們全都具有規則性，還真是讓人覺得行禮如儀啊！我認為對想要學習「日語」這門外國語言的人來說，這麼乾淨俐落的動詞變化，真是一項福利啊！

最後不得不提的還有一點，那就是日語的動詞沒有例外，「終止形」（日語教育中稱為「辭書形」）全部都以ウ段結尾。不論是五段活用或一段活用，甚至是不規則動詞，真的沒有例外喔！「じゃれる、引っかく、壊す」的「る、く、す」，「食う、寝る、遊ぶ」的「う、る、ぶ」，「来る、する」的「る」，最後全都結束在ウ段。如果是以日語羅馬字來書寫的話，最後會出現的是u這個字母。請各位讀者回想一下自己學習過的外國語，其中有像日語這樣，所有的動詞最後都整齊地以相同的音來結尾嗎？

日語可能比你想的還俐落喔

日語中，「形容詞」也可以從外表就認出其詞類來。現代日語的形容詞出現在名詞前面時，可分為「～い」和「～な」這兩種類型。雖然現代日語中還保留著從古日語流傳至今，宛如化石般能起到形容詞作用的詞彙（例如：恋々たる、大いなる），但在日常一般對話中會使用到的形容詞，幾乎都是「い」和「な」這兩種類型。日語教育中，以「い」結尾，與名詞相連的形容詞稱為「イ形容詞」，而以「な」結尾（日本國文法中稱其為「形容動詞」），和名詞相連的形容詞稱為「ナ形容詞」。「小さい（手）」「長い（しっぽ）」「美しい（猫）」「賢い（犬）」是イ形容詞；「きれいな（毛並み）」「お茶目な（わんこ）」「キュートな（子猫）」是ナ形容詞。

動詞和形容詞都是語言中占據了主要位置的詞彙群，在日語中兩者的「形」

都如此規整，真的是一件很了不起的事情。也正因如此，我們只要看到「形」，就能分辨出其詞類。知道是什麼詞類後，就算遇到了不太認得的單字混雜在文章裡，也能夠大致推測出文章整體想要表達的意思。因此對外國的學習者來說，日語真的是相當親切的語言啊！

其他像是，修飾語一定會出現在被修飾語之前等，也是日語文法清楚明白的性質。另外日語中所具備的多元架構，還能讓人在使用敬語和被動形時，就算省略了主語，也不至於阻礙意思的溝通。正如前面所提到的，在書寫體系上，日語的確有些複雜。但從文法的觀點來看，日語卻是一種相當具有邏輯性，清晰又俐落的語言。

儘管這樣的事實明擺在眼前，為什麼一些日語母語人士還會說出「日語好難」這種話呢？我認為，每一種語言肯定都存在屬於該種語言在學習上，會讓人感到困難或容易的地方。如果有人表示「學語言真的好難」，我感同身受。但若有人說「學習語言雖然很難，但卻很有意思」的話，我一定舉雙手贊成這個意見！或許那些嘴巴上嘟噥著日語很難的人，在他們的內心深處，其實隱藏了自己認為日語是一種很「特別」的語言的想法。所以每當他們遇到了能說一點日語的外國人時，就會誇對方「你的日語說得可真好」，同時心裡卻沉浸在「還不錯嘛！竟然能說日語這麼難的語言，給你拍拍手」這種反向的優越感之中。

想表達自己對日語的欣賞，不需要這麼麻煩又拐彎抹角。日語確實是擁有完整的文法體系，且容易理解（＝容易學習）的一種語言。如果這是你心中認為日語值得驕傲的地方，那麼請更坦率地表達出來吧！

第 2 章

停不下來的敬語

陳列在書店裡那些日語相關的書籍中，據說賣得最好的是「敬語」相關的書。這類書籍的名稱相當多元，例如「社會人士敬語：記住這些就夠了」、「求職成功會用到的敬語」、「令人喜愛的敬語」、「連貓都能懂的敬語」（好像沒有這本）等。擺在書店裡的敬語書籍，充足到令人懷疑的地步。因為我私心希望我的拙著也能賣得嚇嚇叫，所以這一章也來蹭一點敬語的熱度。

用「お前」一詞，失禮嗎？

儘管我是一個對美式橄欖球或奧林匹克運動會等，完全不會感到熱血沸騰的運動白癡，但人生中還是有坐在棒球場中欣賞棒球比賽的經驗（雖然也只有一次而已）。我對棒球的認知如下：手拿棒子的人要盡可能地把持球的人丟向他的球打擊出去，而且球最好能飛得越遠越好，在球飛到三不管地帶的過程中，打擊者若能繞完球場一圈的話，打擊的那一方就會得到分數。就算只有這樣的知識背景，我還是充分享受了棒球的樂趣。夕陽西下時，仰望群青色的天空，令人心曠神怡。在遼闊的蒼穹之下，宛如豆粒般渺小的選手們，正以超人般的體能跑跳著。欣賞這樣的景色時，再來上一杯啤酒，實在是人生一大樂事。此外，雙方啦啦隊的較勁，是另一件讓我看得津津有味的事。

啦啦隊的演出真的很有意思。在範圍廣闊，樣子成缽狀的球場客席上坐滿了觀眾，由這些人所發出宛若地動雷鳴的加油聲，真的會讓人起雞皮疙瘩呢！啦啦隊中有些人並沒有專心看比賽，只是一心一意地為隊伍打氣（是隊長嗎？），這個人一聲號令，人們就會配合他的指揮一會兒站一會兒坐，揮舞手上的扇子或來個大合唱，加油聲就在這樣有秩序的情況下進行下去。我認為只是去體驗這個加油的場面，就值得到球場一趟了。

然而就在不久之前，聽到一則有點令人難過，關於應援加油的新聞。某個球隊的教練認為，加油歌中出現「お前」一詞對於球員有點不禮貌，所以希望加油時不要再用這首歌了。此後啦啦隊也的確不再用這首歌來加油，但有些人覺得，這麼做之後使得加油的過程，少了點活力。

這則新聞剛出來時曾經引起日本社會的關注，我想或許有些讀者對其還留有印象吧！在這件事成為話題的那一陣子，「敬意遞減法則」（敬意逓減の法則）

這個日常生活中不太有機會接觸到的專門用語，突然出現在世人面前。「遞減」的意思是逐漸減少。由此可知「敬意遞減法則」指的是，原本蘊含在詞彙中的敬意，長年下來逐漸減少的這件事。

在這則新聞出現後，果不其然，立刻就有人在網路上開始感嘆「唉……我就說嘛！日本人越來越不懂得怎麼把話說得得體了，真不知道日語之後會淪落到什麼地步啊……」

不！這位鄉親你搞錯了。上述言論把事情給說反了，不是「敬語」荒廢，而是「敬意」減少了。也就是說，有人注意到，截至目前為止所使用的敬語，已無法充分表達出敬意，因此認為需要使用更有敬意的表現形式才行。以加油歌為例，因為「お前」一詞原本所蘊含的敬意減少了，所以才會出現有人覺得以「お前」稱呼對方是失禮的現象。從結果來看，敬語非但沒有減少，反而變得更加繁瑣、嘮叨。

這裡就以轉移禮物等物品的所有權的動詞「あげる」為例，來做個說明吧！正如「上げる」字面所示，這個動詞原本用於下位者對上位者進獻物品時的行為，但隨著時間流轉，人們對彼此沒有上下關係的朋友或親人也開始使用「あげる」了。時至今日，大多數的人甚至對（本來應該屬於下位的）寵物和天竺葵這類盆栽植物進行餵食和澆水時，所使用的動詞也非「やる」，而是「あげる」。而且這些人現在好像更進一步，連「エサ」（飼料）和「水」這兩個字也不直接使用。對嬌嫩的天竺葵要給它喝「お水」.，對毛小孩要說「お食事」（用餐）的時間到囉～才可以。或許再過不久，使用「さしあげる」的時代就要來臨了。在網路上看到一些記錄貓咪的部落格，那些負責照顧貓大人的鏟屎官們，似乎早就已經在日常生活中，使用「お食事」を「さしあげる」了。

讓我們把話題拉回「お前」。「お前」也寫作「御前」，這個詞彙原本是用來稱呼上位者的敬語。但在經過長時間的使用之後，原來字裡所蘊含的敬意也隨之減少，後來演變為能用於和自己平起平坐的人身上，最後甚至是身分地位比自己低下的人，以至於在喊叫貓狗時也能使用。正因如此，身為教練當然不樂見自己心愛的子弟兵們在被加油時，被以呼喊貓狗所使用的「お前」來稱呼，這樣的心情也不是無法理解。

那麼該怎麼做才好呢？看來需要使用能彌補失落的「敬意」的表現才行。雖然在「お前」後加上「さま」好像也是個解決方案，但「お前さま」聽起來，實在很像中世紀時，身著小袖的妻子對即將奔赴沙場的夫君所使用的詞彙。那麼回到這個字的原意，把「御前」用音讀讀做「ごぜん」，好像也不失為一種可行的做法，但這個字才一喊出口，感覺水戶黃門都要頭戴棒球帽走出來了。而且，如果在「ごぜん」後再加上「さま」的話，不就變成沒趕上末班電車的「午前様」了嗎？這樣反而會把事情搞得越來越複雜。而且說到底，增加字數無法符合「お前が打たなきゃ誰が打つ！」*的節奏。

嗯……究竟該如何是好呢？因為這件事發生在中京地區（以名古屋為核心的都市生活圈），或許把歌詞改成「おみゃあ」也不錯喔！記憶中這個觀點好像是來自某位網友的提議，關於這個建議，我其實滿贊同的。首先，歌詞的字數和節拍相符，再來是這樣既能表達敬意，也不至於讓人覺得有距離感。雖然聽起來的確有點裝熟的味道，但這正好充分反應出，粉絲宛如濃稠的味噌豬排醬汁般，對球團有著深刻感情，這真是一個精彩的神提案啊！

＊「水戶黃門」江戶時代水戶藩主德川光圀的別稱，後世作家以他為主角，創作出一系列遊歷日本、進行勸善逞惡的故事；「午前様」指社交活動多，過了午夜12點才回家的人，日語中也以「御前様」（發音同午前様）來揶揄這些人；「お前が打たなきゃ誰が打つ！」為日本棒球隊「中日龍」加油歌裡的歌詞。

「いただく」＝「食べる」嗎？

敬意遞減的法則，還能見於料理節目之中。雖然我是一個既沒有動力也沒有能力下廚的人，但偶爾還是會看一下料理節目。然而在觀看節目的過程中，「いただく」的使用方法讓我很難不去在意。問題出在節目主持人和大廚在面對來賓時，會頻繁地使用「どうぞいただいてみてください」這樣的表現。

看來，該節目把這句話當作「食べる」的丁寧語來使用，然而「いただく」卻是謙讓語；是說話者那一方要降低自己或和自己屬於同一個團體的人所做的行為時，所使用的謙讓語。「いただく」是要品嚐美食的嘉賓，對端到眼前的食物表示「これ、いただいてみていいですか」或「じゃ、いただきます」時，所使用的動詞；並不是負責招待的那一方對來賓的行為所使用的動詞。

舉例來說，今天派對的舉辦人在說出「本日は食べ放題でございます。みなさま、どうぞご自由に～」這句話之後，可以接以下哪幾個句子呢？

A　お召し上がりください

B　いただいてください

C　ご賞味ください

D　召し上がってください

A、C、D都沒有問題，但B就不能說是在規範內的使用方式了。因為這句話聽起來會讓人誤以為說話者也是要享用美食那一方的人。

雖然「不能說是在規範內的使用方式」這句話，聽起來就像是在臼齒的齒縫中塞了什麼東西的感覺，但我（如果可以的話）其實很想直說：「這種用法是錯誤的！」事實上，如果今天這種用法是出現在禮儀教室或日語搶答的節目中，肯定會被認為是有問題的。但在現實的日語使用情境中，這種「誤用」目前有越來越蔓延開來的趨勢，我認為或許再過不久，很難稱其為誤用的日子就要來臨了。

原本「いただく」這個詞彙中所含有的敬意，是在某個場合中藉由降低自己，來達到相對提升對方位置的目的，但這樣的敬意似乎也在逐漸遞減。我覺得把「いただく」單純視為「食べる」的禮貌（丁寧）用法，這樣的認知正在不斷擴大。

例如，前些日子我在東京都內看到，某間餐廳在門口寫著「通常一万二千円のディナーコースが〇月〇日まで九千八百円でいただけます」。還有一次當我在外頭旅行時想說犒賞自己一下吧～於是就到飯店裡的和食料理店用餐。穿著優雅和服的仲居（女性服務員）向我介紹天婦羅的吃法，「まずは塩だけでいただいてみてください」。另外，我的朋友也曾在一家裝潢別致的餐廳裡，被送前菜過來的服務員這樣介紹。

「こちら大根餅と有頭海老の××です。海老は頭までいただけます」

嗯……

「いただく」這個字，原來有某物置於頭上的意思。例如「雪をいただいた富士山」。或者是像「哇！發現頭上長出白頭髮啦」這種時候，可以說「私も頭に霜をいただく年齢になりましてね」這句話，來展現自己從容面對年歲漸增的態度。附帶提一下，我很喜歡觀察小草、昆蟲和鳥兒，其中有一種小鳥我很喜歡。雖然平時不容易見到，但牠的頭上有著罕見的宛如戴著一朵菊花的模樣，令人印象深刻。這種鳥的名稱是「キクイタダキ」，也可寫成「菊戴き」。

從「把東西恭敬地用雙手捧在頭上」（ささげ持つ），轉化為從別人那得到（頂戴する）或領受（拝領する）什麼的語意。由此可以知道，「いただく」不只能應用於食物上而已。菊花也好、霜也好、勳章也好，甚至是他人的訓誡，都可以用「いただく」。然而不知道是出於什麼原因，前面提到的誤用（到現在我還是想稱其為誤用），好像幾乎都只出現在料理節目或餐廳等，和飲食行為有關的環境中。像說明會或一些活動的場合，主持人的發言和張貼在會場的告示上所標示的「資料がご入用の方は一部五百円でいただけます」、「参加賞はお帰りの際にいただいてください」等，明明很有可能會出現這樣的表現，但令人感到不可思議的是，在我的腦海中，似乎沒有在和飲食無關的地方，發現啟人疑竇的「いただく」。

為什麼只有在和飲食相關的情況下，原本應該是謙讓語的「いただく」，會變成一種有禮貌的表現為人使用呢？或許這和日本人從上托兒所和幼稚園開始，就要在吃飯前好好地雙手合十，然後說出「いただきます」有關。在日本國民的意識中，可能有食物是上天的恩賜，是需要懷有感謝之意的想法。因為這樣的想法早已深入人心，因此不僅是自己用餐時，連帶客人的行為也恭敬的使用「いただく」這個動詞——如果能這樣解釋的話，真是美談一件。總的來說，人們應該對農人、漁夫、做菜給我們吃的廚師，甚至是得接受連頭都要被人類品嚐的蝦子等，都表現出敬意。

當然也或許是有人覺得，在面對滿足食慾這種人類原初的慾望時，需要使用有禮貌的動詞，才能降低這種毫無掩飾的需求，所以敬意遞減的法則在此就發揮了很大的作用也說不定。總而言之，在和餐飲有關的場合，人們為了把話說得更有禮貌而產生的誤用（＝現階段屬於不合適的表現），特別醒目。

讓我為蝦子挑出腸泥

讓我們接著來看「〜てあげる」。這個也是因敬意遞減，導致使用上變得越來越頻繁的例子。好幾年前，參加亞特蘭大奧運馬拉松賽事的有森裕子選手，在比賽結束後的記者會上有過這樣的發言：「自分で自分をほめてあげたい」，這句話在當時的日本社會中曾掀起過一陣熱議。雖然據說有森的原話好像是「自分で自分をほめたい」，但無論如何，像她這麼努力的人，就算說出「ほめてあげたい」，也沒有可被非議之處。我甚至都想對有森選手說：「請妳好好誇獎自己一番吧！」

我想吐槽的對象不是有森選手，而是料理節目中，廚師翻動熱鍋裡的芋頭時所說的「このまま二十分ほどじっくり煮てあげます」，這句話裡頭的「〜てあげます」。還有，聽到時總覺得不太像話的「エビは背ワタを丁寧に抜いてあげましょう」。

「枯れた葉はまめに除いてあげましょう」，這句出現在園藝節目中的話我還能理解，因為從中可以感受到說話者對植物的感情。雖然從植物的立場來看，可能是令它難以忍受的酷刑，但為了能使其開出美麗的花朵，還是「つぼみを減らしてあげた」比較好。為了讓心愛的盆栽能健康茁壯，或許還得配合、果斷地把分枝給「ばっさり切ってあげる」才行。

但令我無法理解的是，在煮芋頭和處理蝦子時，所用到的「〜てあげる」。做這些事情的人，他們心中帶有感情嗎？對熱鍋中的芋頭和遭到清除腸泥的蝦子來說，人們的行為應該都是其所不樂見的事情吧！在日語中，當某個行為會傷害到對方時，有「やる」一詞可以使用，但如果依照這樣的演變，原本殺氣騰騰的「この野郎、ぶっ殺してやる！」，日後也會變成「ぶっ殺してあげる！」了吧？因此在上述的兩種場合，真希望當事人能直接用「煮ます」和「抜きましょう」這兩個動詞。

在料理和食物上，我們可以看到敬意遞減法則發揮出強大的作用，或許正因如此，才使得某些詞彙在使用上越來越繁瑣。

雖然很好用，但看了就使人心裡有疙瘩的「させていただく」

正在閱讀拙著的大家，想必有不少人在看到這一節的標題時，心中已經開始犯嘀咕，出現有點不耐煩的反應了吧！在最近這二十幾年內，「させていただく」以迅雷之勢，在日本國內取得了「市民權」的語言表現。過去當人們遇到有所顧忌，不想用「する」、「行く」、「言う」來表達自己的行為時，改用「いたす」、「まいる」、「申す」等謙讓語就可以了。但到了最近這幾年，像「させていただく」、「行かせていただく」、「言わせていただく」這樣，往後退了一步、兩步的表現方式，已經成為社會上相當普及的現象。有時甚至還能看到在其後更搭配了謙讓動詞的情形，例如「いたさせていただく」、「まいらせていただく」，看來有些人過度地想展現出謙讓的態度。

據說，這種表達方式源自於日本關西地區商人的用語。雖說是否為習慣該用語，可能和每個人的「母方言」（幼兒時期自然習得的方言）是偏東日本還是西日本有關，但不論遇到什麼情況都使用「させていただく」，著實讓人聽得心煩。把「させていただく」拆開來看，這個表現是在使役動詞的連用形（在日語教育中稱為て形）後，加上前面提到的謙讓動詞「いただく」所形成的。大家可能會覺得奇怪，這裡為什麼會出現使役形的元素呢？這是因為要表現出，並不是「私が（勝手に、自由に）スル」，而是「あなたが（許可して）私にサセル」。而且這個值得感謝的許可，還是「いただく」而來的，就是「させていただく」這種表現的本質了。

因此當工作進入旺季，同事們都在哀嚎的時候，比起直接說出「休みたいんですけど」，還不如用「休ませていただきたいんですけど」這句話，比較容易取得有薪假。又比如說，當那一件受貓大人寵愛有加的毛巾毯已髒到需要洗的程度，而且錯過今天，就要進入連續降雨的日子，此時就可以問貓大人「あのう、そろそろ洗わせていただけませんか？」（先不管你家那隻喵懂不懂日語），「させていただく」都是很適合的表現方式，因為不論對象是公司的同事或是不肯離開毛巾毯的貓，我們都需要得到對方的同意才行。

那麼對「初めて出場させていただいて、ドキドキさせていただきました」這句話，不知道讀者們有什麼想法？這是某位歌手好不容易突破重重關卡，終於登上業界那被譽為鯉躍龍門的比賽舞台上時，所說的話，但我卻是在廣播節目時收聽到的。我個人認為，既然這不是一個靠關說走後門就能參加的比賽，這位歌手也是靠自己的實力過關斬將，才得到出場的權利，那麼會感到「ドキドキ」（緊張、心跳加速）屬於正常的生理現象，實在不用得到其他人的許可。

雖然花錢買週刊、雜誌來看，然後讀完之後扔掉，並不符合自己的個性（說白了就是小氣啦），而且我也沒有這樣的習慣。但每當去看牙醫時，我還是會在

等待室裡翻閱那裡的週刊雜誌。這才發現到，雜誌裡的文章中出現了一大堆根本不需要得到許可的「～させていただく」。例如，實際上其實是被公司開除了的偶像明星，在發表引退宣言時卻說「卒業させていただくことになりました」。或是彼此尊敬來尊敬去的藝人情侶表示「二年ほど前からおつきあいさせていただいてまいりました」。又或者是不願正面回應記者提問的經紀公司負責人，對外宣稱「現在取り調べに応じさせていただいておりますので……」。在最後這個例子中，負責人搞不好就是那個逼著自己旗下的藝人趕快承認，「坦白從寬」的人呢！

兩種謙讓語

然而，真正讓「させていただく」在日本社會能蔓延開來的理由，其實是它的方便性。

日語中降低自己行為的語言表現形式稱為「謙讓表現」，但大家可知道，實際上「へりくだる」（謙遜、謙恭），有兩種形式。其一是這個行為有個需要展現謙讓態度的對象，其二是不存在這樣的對象，兩種情形。二〇〇七年時，日本文化廳文化審議會發表了「敬語の指針」。這份文件中把原本統稱為謙讓語的內容分成兩個部分，對於不存在的謙遜對象所使用的表現，稱為「丁重語」。至於作為丁重語的代用，即是方便的「させていただく」。

聽起來不太好理解是吧？舉例來說，「行く」的謙讓動詞有「伺う」和「まいる」。使用「伺う」時，表示要前去的地方有需要尊敬的對象，我們在面對對方時，應該使用降低自己行為的表現，這是真正意義上的謙讓語。另一方面，使用「まいる」時，則不存在需要表達謙讓的對象。我們只是在和對方交談時，單純使用比較有禮貌的表現方式，來說明自己的行為。傳達出這種訊息的表現，稱之為「丁重語」。來看看實際的例子，如果今天是要去「恩師のお宅」拜訪，那

麼使用「伺う」或「まいる」，箇中差異之感或許並不會那麼明顯。但如果是要去「お手洗い」的話，該用哪一種表現呢？「さきほどお手洗いにまいりましたら、ひどく込んでおりまして」這句話聽起來應該沒有毛病吧！但如果是「さきほどお手洗いに伺いましたら…」這樣的話又如何呢？是不是感到哪裡不太對勁了，好像廁所中有令人尊敬的神明坐鎮在裡頭。

雖然就降低自己行為的丁寧表現來說，存在著兩種形式。但是從前面「伺う」和「まいる」的例子可以知道，若沒有特別去提醒要注意的話，大多數的人還真的不太容易發現這兩者之間的差異，而且如果要分別去記住這兩種不同的表現，又會造成記憶的負擔。所以遇到像這樣的場合時，「させていただく」就能應用於自己所有的行為上了（只要想用就可以用）。不論是沒記住「伺う」或想不起「まいる」都沒關係，反正只要感到困惑時，就把「行く」改成「行かせていただく」就可以了。這樣一來，不管要前往的地點是老師家或居酒屋的廁所，都能運用自

如，實在是太方便了。而且完全不用顧慮有沒有和自己的行為有關的對象，因此才會出現「反正自己的所有行為全部都套用就對了」這種現象。

如果要說這種表現有點便宜行事的話，倒也不容否認。但是當我們看到想要「卒業」的偶像明星，或是希望被大眾接受的藝人情侶時，因為知道成為鎂光燈焦點的人，都想盡量把話說得禮貌得體，所以也就不用計較那麼多了。不過下面的例子，可就不能這麼輕易就帶過了。

我認為，一個國家的首相在什麼時候和誰見了面，如果又是在執行公務的情況下，絕對應該要留下公開記錄，而且需要永久建檔保留下來才行。然而政府卻告訴我們「来訪者の面会記録は都度破棄させていただくことになっております」。身為日本國的公民，我想說自己可不記得有同意過這種事！過去我還天真地相信，就算人民什麼也沒說，優秀的官僚們也會好好地替我們保管好這些記錄才對。另外，某個人曾說過「県民のみなさまのお気持ちに寄り添い、引き続き、丁寧な説明をさせていただきたいと思っております」這樣一句話，我實在很想吐槽一下，難道就不能把話說得簡單明瞭，讓人容易理解嗎？不是「引き続き」而是「今度こそ」才對吧！但如果這個人把話的內容改為「寄り添わせていただきたい」的話，我大概會全力謝絕（ご遠慮申し上げさせていただきたい）吧！

手槍（はじき）和彈珠（おはじき）

在日語的名詞和形容詞前面加上「お／ご」的話，可以給人一種氣質高雅和有禮貌的印象。其中，既有說話者飽含對聽話者敬意和謙讓之情在內的情況，也有單純只是為了讓內容顯得有格調，而在話語中加入了「美化語」的情形。

おつまみ、お酒、ごちそう、ご返杯

お美しい、お静か（に）、お見事（に）、ご機嫌（で）

另外，一些較為古奧或是與神佛相關的用語中，「み」也起到了和「お／ご」相同的作用。這時一般不以平假名來表示，而會使用「御」這個漢字。

御心（みこころ）、御子（みこ）、御仏（みほとけ）、御許（みもと）

有意思的是，某些用語因為和「お／ご／み」結合的過於緊密，以至於現在已經無法將它們分開了。例如「ごちそう」這個字，現在幾乎沒有人單用「ちそう」了。此外，「おみくじ」用漢字書寫的話會變成「御御くじ」，「お」和「み」重疊使用。還有就是，「くじ引き」和「おみくじ」中的「くじ」，在意義上發生了分化。

同樣的，儘管並沒有打算使用有格調或禮貌的語彙來做表達，但是如果少了「お／ご」的話，有不少名詞就無法使用了，例如以下這幾個詞。

ご飯、おやつ、おにぎり、お腹、おまけ、お手洗い

當然「おみくじ」和「くじ」也是如此。另外，像「お手洗い」（＝場所）和「手洗い」（＝行為）、「おにぎり」（遠足時會帶著出門的輕食）和「にぎり」（＝壽司店裡提供上面有生魚片的食物），這些詞彙的意思也已經完全分化了。就算並沒有打算把話說得有禮貌，把「お腹」說成「なか」，別人也聽不懂。把「ご飯」說成「はん」也是如此，反而要用「はら」和「めし」不同的單字來表達。反之，不論多麼想表現出有氣質的言行，只要在壽司店裡和師傅點一個「おにぎり」的

話，難保不會被請出去。再舉一個像「おはじき」（彈珠）和「はじき」（手槍）這個極端的例子來看。如果孩子們手上玩的是「はじき」的話，我看爸媽們恐怕臉都要綠了吧！

進一步來說，有些單字前加不加「お」或「ご」，雖然不會使其變成其他詞彙，但在單獨使用時，卻容易給人產生不同的印象。例如「余計なお世話！」的「お」就是一例，說話者在這句話中，顯然不是想把話說得高雅又有禮貌，相反的還有些諷刺的味道。類似的情況還有以下這些：

お上品（ぶる）、ご立派（なことだ）、ご丁寧（に恥の上塗り）

另外在某些情況下，詞彙的意思還可能朝著特定的方向發展。

お寒い（実情）、お熱い（仲）、お安い（御用）

由上可知，可不是不分青紅皂白地在名詞前加上「お／ご」，就能讓表現看起來更加得體。

「お」和「ご」寫成漢字時雖然都是「御」，但究竟要讀「お」還是「ご」，其實還是有機可循的，原則上和語時讀「お」，漢語時讀「ご」。儘管如此還是存在例外，像「相伴」雖是音讀的漢字，卻是「お相伴」，或雖是和語但用「ご」，例如「ごゆっくり」；「ご電話」的用法我倒是從沒聽過。但「返事」卻左右逢源，可能是因為它是由「返りごと」這個和語所演變而來的吧！因此「お返事／ご返事」都能使用。「お相伴」和「ご相伴」也是如此。

「おフランス」和「おニュー」的例子

接著來看看外來語吧！外來語很少，修正一下，應該說幾乎不會在前面加上「お／ご」。只有極少數的例子。

おソース、おビール、おズボン、おトイレ

我能立刻想到的，只有前面這幾個而已。醬料和啤酒不知道是不是因為屬於飲食相關的詞彙，所以會讓人想表現地有禮貌一些呢？另外，像是在廁所這個和吃進去的東西，然後排泄出來的生理現象有關的空間，也能察覺到敬意遞減法則產生作用的痕跡。如何稱呼為了排泄而存在的狹小空間，在日語之外，不同語言中也有多樣的表現。

前面的例子中，讓我感到有點不可思議的是「おズボン」。沒有「おスカート」或「おシャツ」，為什麼只有褲子（ズボン）前面會出現「お」呢？關於這個現象該如何解釋，我自己心裡也沒個底。

「ズボン」一詞源自於法語，根據《日本國語大辭典》表示，日語中第一個用例出自《西洋道中膝宿毛》＊（一八七〇～七六年），該書中還出現了「チョッキ」和「マンテル」等單字。我原本以為是因為進入日本的時間較早，或許這幾個外來語與和語一樣，容易在字前出現「お」，但同樣在該書中出現的「チョッキ」和「マンテル」，卻沒有看到「おチョッキ」或「おマント」的用法。而且就連早在十八世紀初就從葡萄牙語引進日本的「カッパ」，也沒找到「おカッパ」的用法，所以無法支持我的想法。對了，雨衣的「カッパ」源自於葡萄牙語，該詞

＊《西洋道中膝宿毛》是明治時期出版的滑稽小說，作者為仮名垣魯文（本名野崎文藏）。

和棲息在河流深處的「河童」，以及由河童延伸出來的「おかっぱ」髮型，可沒有半點關係喔！

總的來說，外來語前面有「お」的實在不多，從前面的幾個例子來看，沒有加上「お」也能使用，顯示出其在詞彙上的獨立性。儘管如此，和「お」已形成一體化的外來語雖少，但還是存在的。

雖然有點年代了，但「おセンチ」（な気分）就是一個好例子。另一個有點俏皮的，可以舉出「おフランス」。這種在抬舉某事物的時候，還能讓人產生有點嘴角上揚的感覺。或許，正是美化語另一種重要的表現特質了吧！「おフランス」一詞能使人感受到，法國讓其他國家心領神會的特殊氣質。

在為數不多的「お＋外來語」中，我注意到自己經常使用「おニュー」一詞。或許現在的年輕世代早就已經不使用了，但我並沒有受到影響。「ニュー」正如「ニューフェイス」一詞所示，經常出現在複合語中，但它和「ビール」、「ズボン」

的不同之處在於，「ニュー」不會單獨使用。由此可知，「おニュー」是無法分割的一種表現。在英語的 new 前面加上「お」，仔細想想還真有點奇怪，但這個詞彙很可愛，可是深得我心呢！

小時候我是一個發育得很快的孩子，因為經常要更換服飾的尺寸，所以大人們不太會買單價較高、漂亮的衣服和鞋子給我。有一次在我強烈要求下，好不容易才得到一雙黑色漆皮的鞋子。因為我實在捨不得穿著那雙閃閃發光「おニュー」的鞋子踩在地上，所以就坐在玄關的橫緣上讓雙腳懸空，讓自己能好好地欣賞它。當時那種興奮、緊張又有點不好意思的情緒，用「あたらしいくつ」實在無法詮釋。以上是我有點「おセンチな」的童年回憶。

第 3 章

「好玩」的日語

面對語言時，與其橫眉豎目地在乎用法正不正確，倒不如樂在其中才是真正的贏家吧！語言既是武器，也是一種玩具。人們會出現說錯了或聽錯了，誤會或裝成誤解的樣子，但只要有規則，就存在打破規則所帶來的樂趣。將日語中這些不足或不便之處，拿來娛樂一下，不也挺有意思的嘛！

用聲音來玩遊戲

又到了有一堆惱人的支出，連腦門都要噴出蒸氣的歲末時節。大晦日（12月31日）那天晚上，我在自製味噌。

おおみそかに、みそを仕込む。
みそかみそ。
ヘタなシャレですな。

為什麼會發生這件看起來有點蠢的事情呢？事情得回到進入師走（農曆十二月）後，有天我在回老家和母親見面時，順道買了麴一起帶過去。我的故鄉在高山，這個城市裡有許多釀酒的作坊，市區裡也有幾間販賣麴的店家。據說麴買來後如果不早點使用，它們會被自己的發酵熱「烤焦」，因此我才會急著想要處理這些麴。

在忙得昏天暗地的年底這段時間，上述行為真是搬石頭砸自己的腳。深夜裡我在廚房中，一邊聽著遠方傳來的除夕鐘聲，一邊搗碎煮熟的黃豆。正當我嘴裡嘟囔著「みそかにみそかみそ」時，突然感到自己精神抖擻了起來，讓這項作業頓時也變得有趣不少。

雙關語（ダジャレ）確實能拯救我們的人生啊！

這裡就讓我們針對日語的雙關語是如何產生的，來認真地探討一下吧！

在語言中，我們把用來辨別意義的發音稱為「音素」（Phoneme）。例如「酒」這個字在日語中的發音是「サケ」，其中「サ」（sa）這個音即使像英語的th那樣，是用上下牙齒輕輕夾住舌頭的方式來發音，但估計聽在所有日語母語者的耳裡，仍然是「サケ」吧！（サ其實是sa而非th）即便用聲音符號標示出來的時候是不同的音，但在日語中這個發音與意義並不發生關聯，也就是說作為「音素」並沒有什麼區別。如果我們把舌尖稍微往內縮，試著讓它接觸到上方牙齦的後方發一下t的音，對日本人來說聽到的會是「竹」（タケ）的音。和前面提到的th的發音相比，或許在某些狀況下會讓人理解為「竹」。由此可知，日語中的s和t雖然被算作兩個獨立的音素，但實際上發th的音只是感覺舌頭稍微打結一下而已，它並不是一個正規的音素。

要知道，日語是一種音素的數量不多的語言。就算是放到世界上和不同的語言來比較，也屬於少的那一邊。既然「音素」是用來區別出意義時會用到的音，如果數量不豐富的話，要把音素組合為單字的工作，就會變得相當困難。原因在於，這樣一來就會出現許多相似組合的單字。雖然我們可以藉由改變重音（Accent）的方式來解決這個問題，但這種做法仍有其侷限。最後的結果就是，日語中有很多「同音異義語」，例如「酒、鮭」、「箸、橋、端」等。

這個現象或許能視為是日語的缺點，因為它有可能造成令人難以置信的誤會。然而從另一個角度來看，由此也催生出許多有趣的文字遊戲（ことば遊び）。如果沒有同音異義語，也就不會出現一休以智慧解決「このはし渡るべからず*」這個問題的故事。

雖然上一段提到的故事，要說不過是雙關語的哏也沒錯，但日語中因為存在許多同音異義語，因此也孕育出豐富的日語文化（日本語の文化）。

大きなお寺や神社の参道でお祭りのときなどに見かける地口行灯（じぐちあんどん）

手拭いや浴衣の柄などに今も使われる判じ絵

* 一休以「橋」和「端」在日語中的發音皆為「はし」，解決了富商故意刁難民眾，不讓人使用橋的鬼點子。

商店などの電話番号の語呂合わせ（0878＝お花屋、2983＝肉屋さん）
歴史の年号を覚える語呂合わせ（七九四年＝鳴くよウグイス平安京）
小の月を覚える語呂合わせ（二、四、六、九、十一＝西向くサムライ）
各種記念日のコジツケ的制定（11月22日＝いい夫婦の日）

說到電話號碼，在日本國內的聯合國兒童基金會（UNICEF）的捐款活動廣告中，可以看到「つなぐよ子に」這麼一句話，而該基金會的捐款專線為0120－27944－52。為什麼27944會變成「つなぐよ」呢？我想應該是從「two＋なな＋く＋よん」轉變而來的吧。two不是「トゥ」，而採用了「ツー」的發音。從音素的觀點來看，日語中ts和t因為沒有區別，所以可以用在諧音或雙關語（語呂合わせ）上。話說，我覺得能想到要用two這個英語單字的諧音還挺厲害的。進一步來看，號碼最後的52為「子に」，也就是「ご＋に」。

雖然像「ご／こ」這樣不做濁音和清音的區分，是日語自古以來的傳統，但在這裡我們發現到，前面的2不讀作「ツー」而是「に」。相同的2在「いい夫婦の日」的時候，發的音是「ふたつ」的「ふ」。以上我們可以了解到，在日語中2有「つ、に、ふ」三種念法。

到了這一步，英語、音讀、訓讀，管他黑貓白貓，可以用上的全部都拿來取諧音了，這真是一項厲害的技藝啊！雖然聽起來（看起來）好像沒什麼特別之處，但卻讓人容易記住，在不知不覺中就接受了，可以說這樣的語言表現形式真是豐富多元啊！對了，說到這可不能不提二月二十二日，大家應該已經猜到了吧，就是「ニャンニャンニャン」，也就是「猫の日」喔。對「犬派」的讀者來說，「ワンワンワンワン」的十一月一日，想必也是個重要的日子吧！

下面來看一些高雅的例子吧！例如和歌裡的「掛詞」＊。

花の色はうつりにけりないたずらにわが身世に経る（降る）眺め（長雨）せしまに

（小野小町）

大江山生野（行く野）の道の遠ければまだ文（踏み）も見ず天の橋立

（小式部內侍）

接下來的例子可能較為負面些，某些旅館和醫院為了避諱，房間號碼是沒有四（死）和九（苦）的，這也可視為諧音的一種應用方式。另外，不知道大家是否還記得，我在第一章時曾提過，平假名源自於萬葉假名這件事，若從捨去漢字的意思，只利用聲音的這一點來看，這不是和同音異義的牽強附會，在基礎上是

＊掛詞：一種修辭技法，指日本和歌等文學作品中，利用同音異義的方式來讓一個詞彙表現出兩種意思。

由文字遊戲中發展出來的「判じ絵」

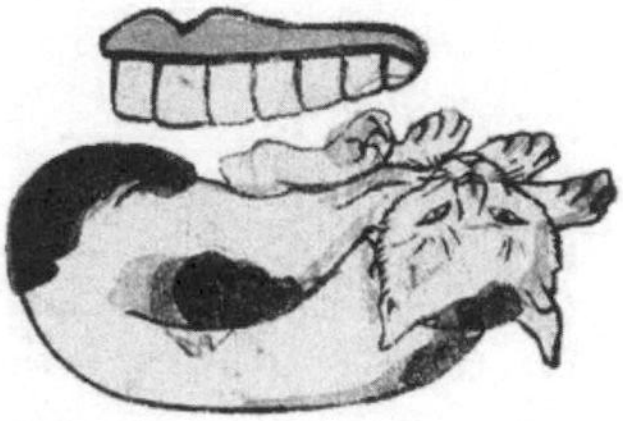

◆「歯」＋「逆さになった猫」
　＝**はこね（箱根）**

◆「鈴」＋「目」
　＝**すずめ（雀）**

◆「鎌」＋「輪」＋「ぬ」
　＝**かまわぬ（構わぬ）**

◆「茶」＋「がま（がえる）」
　＝**ちゃがま（茶釜）**

相通的嗎？

這也意味著，會讓半徑兩公尺以內都結冰的歐吉桑冷笑話，和萬葉假名或「掛詞」等日本文化的骨幹，其實系出同源，都是源自於日語中因為缺乏音素所產生的結果。所以下次當讀者們又被上司的冷笑話凍壞時，請在心中吟誦一段百人一首裡的和歌吧！

用文法來玩遊戲

說到歐吉桑的冷笑話（說這句話可能有點性別不正確，因為歐巴桑們也很喜歡），第一生命這家公司每年都會舉辦「上班族川柳*」（サラリーマン川柳）這

＊「川柳」是日文定型詩的一種，和俳句一樣有十七個音節，按照五、七、五的順序排列。由於沒有季語和助動詞的使用限制，表現形式較俳句自由。

個活動。我認為只要讀過裡頭的作品，就算不知道社會上目前正在夯什麼，還是能掌握個七、八成的潮流趨勢。就連閒雲野鶴如我，也會在案頭擺上這個活動的出版物當作參考資料，然後在反覆翻閱的過程中，對收錄其中的作品，時而深表同感，時而大吃一驚，總之是愉快的閱讀經驗。而截至目前為止，我最欣賞的作品（雖然年代有點久遠），是二〇〇三年的冠軍之作。

「課長いる？」返ったこたえは「いりません！」

文中被說成是「要らない」（不需要）的這位課長雖然有點可憐，但每次當我讀到這句川柳時，總會忍不住嘴角上揚起來。這個段子對日語教師來說，真的是一個很棒的教材。然而，如果要找一位以日語為母語的人來說明這句川柳引人發噱之處，我認為應該只有少數人能勝任。反之，剛掌握日語初級文法的學習者，或許還比較能以清晰的思路來做解釋。正因如此，這句川柳可以在「日本語教師養成講座」時，拿來當作：「不要讓學員以為只要能說日語就有資格當日語老師」的例子來使用。讓他們了解到，如果不了解日語的文法結構，是沒有資格站在學習日語的人面前的。

那麼，接下來就讓我火力全開，用日語的文法來說明這句川柳吧！

「いる?」是一段活用動詞「いる」的辭書形（辞書形），用「デスマス形」來呈現的話為「いますか?」。至於「いりません!」是ラ行五段活用動詞「いる」的「マス形」的否定，意思是「不需要」。因為這兩個字的辭書形都是「いる」，所以若是誤解提出的問題（或裝傻）的話，就會變成一段奇怪的對話。

各位讀者覺得如何呢?活用形的名稱是不是聽起來很陌生啊?「辭書形」在日本國語文法中稱為「終止形」，但「終止」形中，還包含了「いた」、「いない」、「いなかった」等型態。另一方面，辭書形中也有像「いる人」這樣，後面接的是名詞的情形（＝連體型），因此「終止」形這種命名方式，在此就顯得不太合適了；於是日語教育就直接稱作「辭書形」，因為是「辞書に載っている形」。如果把「いりません」以日本國語文法的用語來解說的話會是「連用形＋助動詞マスの未然形＋助動詞ぬ（ん）の終止形」，但在日語教育中，則稱之為「マス形」的否定（好麻煩啊）。

所謂的「マス形」，是把「（いり）ます／ません／ました／ませんでした」全部統整在一起之後的名稱。接著往下說，マス形是一種相當好用的活用形。相同的事情如果用較為輕鬆的對話形式（普通體）來呈現的話，因為「いる（要る）」是ラ行五段活用，所以必須記住「いる／いらない／いった／いらなかった」這四種活用形才可以。但如果換成デスマス體的話，就只需記住「いり（ます）」這一種マス形就夠了。不論是肯定或否定，以至於過去肯定或過去否定，都能變換自如。要做邀約時，也可以使用マス形的「～ましょう」。雖然聽起來確實會

讓人覺得有點客套，但對於日語學習者來說，使用マス形和人進行有禮貌的溝通交流，絕對是一件比較輕鬆的事。

話說在這句川柳中的兩個動詞，一個是「居る」（一段活用）另一個是「要る」（ラ行五段活用），雖然兩者的マス形完全不同，但在辭書形（終止型）時，發音卻是相同的，而且連音調也一樣。根據活用和文體的不同，可以交叉形成如左邊所示的八種對應形式。

「いますか？（いる？）」——「いません（いない）」
「いりますか？（いる？）」——「いりません（いらない）」

看上去有沒有一種高度智能犯的感覺啊！藉由這些語言的知識，能讓日語母語者立刻理解川柳的內容，然後發出會心一笑，這可真是不簡單呢！

前面提到了好多關於文法的內容，這如果是在教室裡的話，大概有好幾個學生都要開始夢周公了。這句川柳有意思的地方，源自於日語中的同音異義字，內容中利用了日語音素較少的特性，以及偶然一致的同音表現。在日語中，能引發這類「意外」的基本動詞，其實數量還不少呢！

「行きます」和「生きます」
「着ます」和「来ます」
「置きます」和「起きます」
「怒る」和「起こる」
「話す」和「放す」

前面所舉的例子，在辭書形和マス形中，發音都是相同的。有意思的是，其中有些在動詞活用後的型態，竟然也長得一模一樣。

「言った」和「行った」
「あって（在って）」和「会って」

另外，有些動詞是型態相同，但在音調上會呈現出差異。

「なる（成る）」和「鳴る」
「咲く」和「裂く」
「持った」和「盛った」
「買って」和「勝って」
「来て」和「着て」
「読んだ」和「呼んだ」

進一步來看，部分動詞在變成可能形之後，型態看起來也是一樣的。

「遅れる」和「送れる」

「欠ける」和「掛ける」和「書ける」

雖然以上所列舉的這些字彙，都可應用於語言遊戲或歌詞創作上，但還是要小心四散於各處的陷阱。這就和大家在打字的時候沒注意到文字轉換，進而出錯的經驗是一樣的。

前些日子，發現到學生交上來的作文中有些問題，然後和他用口頭做說明時，發生了讓我的舌頭打結的情況。「はげますのますけいははげますじゃなくてははげましますですよ」，這句話若轉換成漢字改寫的話，會是：「励ます」のマス形は「はげます」じゃなくて「励まします」ですよ。像這樣的情形，可以用以下的例文來玩個文字遊戲。

M氏の化けの皮がはげました。（M氏可是原形畢露了）

N党がM氏をはげました。（N黨支持過M氏）

發音雖然都是ハゲマシタ，但若以文法用語來做說明的話，前者為一段活用動詞「剥げる」的過去式，後者為サ行五段活用動詞「励ます」的普通體的過去式。也就是說，兩句話的文體並不一致。如果把文體統一起來，會像接下來這樣。

普通體的情況——

M氏の化けの皮がはげた。

N党がM氏をはげました。

丁寧體的情況——

M氏の化けの皮がはげました。

N党がM氏をはげましました。

嗯……聽起來好像是「牛丼つゆだく肉ましまし」（牛丼加醬汁，肉加兩倍）呢！

載ったら乗らない

過去我出版過的其中一本著作，曾登上全國性報紙的書評專欄。看到自己的書竟然出現在報紙上，這對一個資歷尚淺的作者來說，是何等喜悅的事情啊！於是我打算來拍一張紀念照片，而且最好還能和家裡可愛的貓咪一起入鏡。我敢保證，在日本任何一位出書就能被刊載在報紙上的新科作家，而且還有養貓的話，一定會想和我做相同的事情。

每次只要我準備看報紙時，貓咪一定會坐到報紙上，但是遇到要拍照時，貓咪卻不過來。平日還得拜託牠「我正在讀這裡啦！離開一下好不好？」總是能精準阻礙飼主閱讀報紙的貓咪，在要和牠一起拍照時，就是不靠過來。就算我把相機架設在報紙旁，拚命搖晃手中的逗貓棒，仍然被貓完全無視。

載ったら、乗らない（我的書上報了，貓咪卻不上報）。

貓真的是很過分的一種生物耶……然後我竟然還覺得牠們很可愛，真是自作孽啊！

平復精神之後，讓我們來研究一下「乗る／載る」這個現象吧！像這樣的文字組合稱為「同訓異字」。它的特色是相同的讀音（訓），對應到兩個（以上）的漢字表記。或者也可以這麼說，「同訓異字」的漢字雖然不同，但卻擁有相同的讀音。

但以上所說的，只在漢字的意思相近的情況下成立。前面提到的「要る」和「居る」，或者「帰る」和「蛙」，都不能稱為「同訓異字」。上一節提到的川柳之所以有趣，主要在於兩個「いる」的意思完全不同。至於「帰る」和「蛙」雖然都讀做「かえる」，但音調不同，而且在意義上也沒有任何關連性，因此只能稱之為「同音異義語」，可以視為不同的獨立存在。另一方面，「帰る」和「返る」就屬於「同訓異字」了，兩者的發音相同，在「回到原來的地方、恢復原本的狀態」的字義上也有重疊之處。然後「新聞に書評が載る」和「新聞（紙）に猫が乗る」中的兩個「のる」，也是同訓異字。

為什麼日語中會有這種現象呢？

讓我們重新回想一下，「漢字」原本就是外國的文字。是中文這種語言所使用的文字。後來是日本人（或者說日語）擅自把漢字拿來為己所用，用漢字來書寫表記自己的語言。中文的發音和日語的發音雖然大相逕庭，但日本人把漢字中和日語在意思上相近的漢字借來使用，然後搭配上日語的讀法（訓讀）。我覺得這真是一件了不起的事情，是石破天驚的想法。

現在，因為漢字已經完全融入到日語之中了，所以人們很難感受到其中的怪異之處。但舉例來說，如果今天日語借用英文來做和漢字相同的事，就會出現以下情況。文字雖然寫成「cute い猫」，但卻要讀做「かわいいねこ」，或是「beautiful しい猫」卻讀做「美しいねこ」的情形。

你們說是不是這樣啊！

我在第一章時曾說過，自己相當佩服前人的這種做法，雖然確實是有點牽強啦！儘管如此我還是覺得老祖宗們很厲害。當然，漢字是表意文字，它和表音的字母，是完全不同的兩個體系，然後我只是想借用以上的例子來向大家說明，日本人「擅自使用外國的文字，還想怎麼讀就怎麼讀」的情況而已。

這種左右逢源又自由奔放的特性，時至今日在日語中仍能有所發揮。例如「キラキラネーム」正是如此。另一個知名的例子是，夏目漱石把「五月蝿い」讀做「うるさい」，假借字的使用也暗合於日語的特色。值得一提的還有歌舞伎的「外題」*，明治時期有一部名為《天衣紛上野初花》（くもにまごう うえののはつはな）的作品，如果不知道假名的話，還真是讀不出來啊。前幾年三谷幸喜推出了一部名為《月光露針路日本（つきあかりめざすふるさと）風雲児たち》的歌舞伎新作，標題把「日本」讀成了「ふるさと」。故事敘述因遭遇海難，漂流到露國（俄羅斯）的大黑屋光太夫的冒險奇談。「めざす」的假借字使用了「針路」，暗示了船隻

＊外題：京都、大阪地區稱淨琉璃和歌舞伎的題名為「外題」。

的漂流。我個人認為這個劇名取得相當有水準。

話題回到日語中為什麼會產生「同訓異字」這件事上。我個人認為原因在於，日語詞彙的意思相較於中文（＝漢字），前者的守備範圍比後者來的寬泛。反過來說，（在一個詞彙所能涵蓋的意思範圍之內）中文在字彙意義的分別上，較日語來的細緻。

日語中只要使用「のる」一詞，就可應用於「騎」自行車、「搭」計程車、「坐」飛機。另外像「リズム」、「相談」、「もうけ話」等，也可在其後接上のる來使用。其他的用法還有，貓咪「坐上」（のる）了我的報紙，或重大事件「刊登」（のる）在新聞上等，真是相當自由啊！但在中文裡，登上（乗る）報紙和刊載（載る）在報紙上，所使用的漢字卻是不同的。回頭來看前面所舉的英文例子，就是把「cuteい」和「lovely い」兩個都讀做「かわいい」這樣的感覺。就像我們可以幫無法識讀由中國傳來的漢字的人，在漢字上標註「フリガナ」一樣，也能在「cute い」

和「lovely い」上，標註「かわい（い）」。

走筆至此，我越來越覺得「漢字假名混寫文」，真是一項了不起又有勇氣的發明啊！

撮る、取る、とる

「同訓異字」經常可見於日本的基本詞彙中。正如上一節提到的「のる」，基本詞彙中有許多是多義的。舉例來說「とる」這個動詞也是如此，可以寫成「取る、撮る、捕る」，並對應到不同的漢字。關於「とる」，以前我還有過一段有趣的經驗，這裡分享給大家。

幾年前，我曾在NHK（日本放送協會）所拍攝的一部連續劇中，擔任方言指導一職。對我來說，這還是生平第一次進入拍攝現場，而且因為這部劇全部都

在外地取景，所以我每天都感到很興奮，而且不斷有新的發現。我注意到在拍攝過程中，經常會聽到「ドライ、とります」這句話，這就是所謂的「行話」（ギョーカイ用語）。在外景拍攝現場中，雖然會接觸到很多陌生的日語表現，但絕大部分都還在自己的理解範圍內。但其中讓我怎麼想也想不明白的就是這個「とります」了，它是這樣使用的。

ドライ、とりまーす。つぎ、テスト行きます。

テスト、とります。じゃ、つぎ、本番お願いしまーす。

因為這裡是拍攝現場，我想攝影開始時喊的應該會是「撮ります」（開拍）吧！但看起來，情況和我的認知好像有些不太一樣。首先，「ドライ」是什麼意思啊？無法理解。嗯……好想知道答案啊！但一聲令下之後，工作人員們都忙成一團，當下實在不是去抓著他們問問題的好時機。但仔細一看，只有導演身邊宛如颱風眼般，遠離一切喧囂。於是愛多管閒事的方言指導歐巴桑，就戰戰兢兢地靠向導演，向他請教「ドライ」的意思。還好，導演是個親切的人。

首先「ドライ」原來是「ドライリハーサル」（攝製前預演）的簡稱。ドライ時不會使用到攝影機和麥克風，只是確認戲劇的流程而已。有時若不想麻煩演員，也會由副導演來執行。當ドライ大致決定好台詞出現的時間點和演員的動作之後，才會進入テスト（試拍）階段，加入攝影機和麥克風，並確認畫面要如何呈現。在經過各種的確認都沒問題後，才終於要進入「本番」（正式拍攝）。至於我一開始的疑問，「とる」指的是「結束」攝製前預演和試拍的意思。導演一邊和我做說明時，還做了個像是丟掉什麼東西的動作。

各位讀者若有興趣，不妨翻一翻手邊的日語辭典查一下「とる」的意思。其實不只日語，不同語言中的基本詞彙，都有許多的語意。例如辭典中光是「とる」，

不就洋洋灑灑羅列了「取る、撮る、採る、獲る、捕る、摂る、執る、盜る……」等二、三十種，漢字各異的「とる」不是嗎?這些都是「同訓異字」。至於「ドライとります」中的「とる」，看起來和以下的例句是相同的。

絹サヤのスジをとる。（撕除豌豆的粗纖維）
エビの背ワタをとる。（剔除蝦背上的腸泥）

如果一定要勉強地搭配漢字的話，我認為前面兩句的「とる」應該是「除る」。仔細觀察語意的展開與發展，真的是相當有意思。如果拿「絹サヤをとる（＝收穫する）」和「絹サヤのスジをとる（＝除去する）」來比較的話會發現，這兩句話的動作主體與對象物體之間的方向性，竟是完全背道而馳的。

據站在導演身旁聽我們對話，負責記錄工作的人員說，攝影現場使用「とる」

的，好像只有NHK而已，其他電視台都是用「終わります」或「以上です」。

喔！竟然連行話裡也有方言啊！

在那之後，有一天我突然想到「ドライをとる」的用法，似乎和「粗熱をとる」頗為接近，尤其是從「去除之前必要，但現在卻不再需要的東西」這層意義上來看更是符合。就也像當我們製作便當或小菜時，在把食物裝進容器之前，要先稍微放涼一樣。

關於料理我又想起了一件事。我很喜歡米糠醃菜（ぬか漬け），家裡有一甕已經有幾十年歷史的糠床。雖然我常因為有在做米糠醃菜，而受到類似「妳好厲害喔！」這樣來自旁人的讚美，然而製作米糠醃菜其實並不難。就算完全不去理它，其實米糠醃菜還是很「丈夫」（可靠）的。各位沒看錯，不是「大丈夫」（沒問題）喔！我家的糠床小弟從生物的角度來看，可是相當「丈夫」的。當然，一定程度的照顧還是有其必要。

在夏日的某一天，高溫使得乳酸菌有些興奮過頭了，讓糠床變得有點酸，於是我想到可以藉由鈣來做調整，所以準備把當作中和劑的蛋殼放進糠床裡。但因為要盡可能不讓動物性蛋白進到糠床裡，所以我得把蛋殼內側的那一層蛋殼膜給取下來才行。然而取下蛋殼膜可是一件麻煩的差事啊！遇到這種情況時，我就會去找做事的細心程度和身材成反比的老公來幫忙，請他「殻の内側の白い薄皮、とって入れてね」（把蛋殼內側白色的薄膜取下來後，再放進去）。

但在過了一會兒之後，當我去檢查時才發現，天啊！他竟然把從蛋殼上取下來的小片薄膜準備放進糠床裡了。我連忙阻止他，並說到「吼……搞錯了啦，希望你放進糠床裡的是有鈣質的蛋殼！」。然而老公卻反駁「だって白い皮入れろって言ったじゃないか」（妳剛剛不是說取下白色的薄膜後把它放進去嗎）。

「哪有！我可沒說過這種話喔！」

「是嗎？是誰剛剛說『白い皮とって入れろって言った！』的！」

「啊……」

好吧！我確實說過「白い皮とって入れろ」。

但我的意思是NHK的方言中的「除る」好嗎，真是太沒常識了。我拜託老公做的是「白い薄皮を除いて、（殻）入れてね」（去掉白色薄膜後，把蛋殼放進去）。沒想到竟然有人會將這句話解讀為「白い薄皮を採って入れる」（取下白色薄膜後，把薄膜放進去）。

我倒想問問，有人會把草莓的蒂取下來後吃掉嗎（イチゴのヘタをとって食べる）？有人會把西瓜的種子挑出來後吃掉嗎（スイカの種ほじくってたべる）？有人會把香蕉的皮剝下來吃掉……

「聲」的表記

あーあ（啊—啊）。

當各位讀者看到前面的日文字時，腦中會出現什麼樣的聲音呢？我想語調應該是「高↓低↓高」這樣的吧！前兩拍的「あー」，會像雪崩一樣，從「高↓低」，然後在最後的「あ」時音調會拉高，聲音在短促且上揚的地方結束。而且會使用這樣的聲音的場合，應該是當你對某件事感到失望，或是覺得心煩意亂時，才會發出這樣的聲音（或將其文字化）吧！我想只要是以日語為母語的人，都會同意我的觀點。

有意思的是，把相同的「ア」做連續排列，例如以「あーー」或「あ、あ、あ」來呈現的話，在我們的腦中出現的聲音，又會以完全不同的方式來播放。甚至，連表現出的意思也會出現像「嚇一跳」或「焦躁」等的差異。在把聲音文字化的

時候，因為沒有辦法使用重音（アクセント）或語調（イントネーション）等標示出聲音高低或調子的專用方式，所以只能重複相同的文字、使用長音符號或加入標點符號等書寫作法來表示，在某個程度上補充資訊的不足。

同樣的，像發出「うーん」的話，顯示出說話者欲言又止的樣子；但如果是「うん」的話，則表示NO。發出「えー」的話，顯示出說話者在表達輕微的抗議（情緒中包含些許震驚），或心情有些猶豫；但如果是「ええ」的話，則表示YES。另外像「はー」的話，是嘆口氣，「はあ」則為語意有些曖昧的附和。以上提到的都不是嚴謹的書寫形式，如果沒有文章脈絡的幫忙，有時可能會出現不知道該如何發音的情形。儘管如此，還是有個大概的分法。而且，大多數的日語使用者應該也都擁有相同的共識。

話雖如此，就我所知目前並沒有一本另外去對這些「感動詞」標記規則做詳細解釋的文法書籍。市面上我也找不到有經過仔細整理，為它們編列條目的字典。

大部分的字典，都沒有把「あ」和「あー」分開，而是以「『あ』或『ああ』」的方式，來做「不確定」（揺れ）的表示。就算真的有一本認真的字典這樣做，我相信也不會有人一邊參照字典的解釋，然後邊讀邊試著發出「アーアー」或「ウーウー」的音。

像上述這些模糊朦朧、沒有正式規則，又充滿曖昧模糊的約定成俗，在漫畫、輕鬆的隨筆文章和輕小說裡，卻有很大的揮灑空間。例如在正式的小說中，只會出現像「ああ、そうですか」這樣的句子。但這句話換作是漫畫對話框的內容，有時會變成「あーそーですか」。不知為何，平假名只要加上長音符號，就會讓人覺得語氣平淡，有點敷衍的感覺。我們可以從這樣的呈現方式中，讀出聽話者不太相信或接受對方所說的話，藉由文字感受到有點頂撞的口吻。

語言雖然可以看作是社會習慣的結合體，但能讓情緒附著於文字上的規則，到底起源於什麼時候，又是如何形成的呢？這件事真不簡單，想來令人感到不可思議。想當然，用文字來表現聲音，反之從寫出來的文字復原出聲音，在這雙向之間，一定得存在規則才行。如果不是這樣的話，我們就無法把想說的事情傳達出去，甚至可能完全誤解對方想要告訴我們的事情，進而引發一堆麻煩。然而也正因如此，日本人雖然在學校裡學習了很多日語的規則，但卻都不記得上國語課的時候，有學過前文中提到的那些模糊的約定成俗。儘管如此，日語中的確存在著受到規範（或者說雖然模糊，但卻不容質疑）的約定。我覺得這件事雖然有點不可思議，但也很厲害呢！

發出聲音唸出來

話雖如此，只靠寫在紙上（或出現在電腦螢幕以及智慧型手機上）的那些黑乎乎的文字，經常是無法完整表現出聲音所要傳達的內容。因此作為補助手段，我想日語中的「顔文字」和「絵文字」才會如此發達吧！只有文字的話，確實可能產生誤會，舉例來說，請大家發出聲音唸唸看下面這個詞。

「へえ」

此時讀者們心裡浮現出的，是不是一張某人對某件事略表贊同時的表情呢？但如果音調變成「高↓低」的話，心裡出現的可能變成是住在長屋的八五郎，被房東斥責時，用手搔頭的景象了；或是「岡っ引き」遭到擺架子的同心數落，吞吞吐吐的做回應*。

「それを言っちゃあおしめえよ」（說了這句話，就完蛋囉）

* 「八五郎」為日本落語中虛構的出場人物，也稱為「八っつぁん」或「ガラッ八」。「同心」為江戶時期的警察，至於「岡っ引き」則是同心個人自費雇用的幫手。

聽到前面這句話時，一般日本民眾腦海中浮現的，我想應該是寅次郎的那張大方臉吧！而且彷彿還能看見臉上那顆招牌的痣。不過，之所以會使人想起這張臉的，是因為使用的是「おしめえよ」，但如果換成「おしましいよ」的話會怎麼樣呢？

若是後者的話，大家腦海中的畫面或許會變成：出現在以擺攤維生的寅次郎對面的，是一張宛如錯視畫中才會有的美女側臉吧！

接著美女開口對寅次郎說：「あたしたち、もうおしまいよ」（我們的關係結束了）。

為了加深各位讀者的理解，我們接著來看下面這個例子（場面）。母親偷偷背著媳婦，塞零用錢給放蕩的兒子時說「いいから、ほら、早くおしまいよ」（什麼都別說，趕緊收起來吧）。

文字敘述其實往往不充分且不穩定。為了要正確的理解文章的意圖，必須復原出「聲音」才行。例如前面兩句話在句末，都使用了終助詞「よ」這個字。但就算我們去翻查國語辭典關於「よ」的解釋，大概也無法得到對於此處用法的滿意解答。

接著我們再進一步來看看，「そうよ」這個字吧！

讀者們在看到「そうよ」這句話時，千萬別放心的認為會使用這個字的一定是位可愛的女孩。

正如「そうよ、石川五右衛門たぁ、俺のことよ」這句話所示。它有可能是出自於傲然站立在南禪寺山門上的盜賊喔！

再舉一個例子。

「いやですわ」這句話，容易因居住地區的不同，影響到人們優先在腦海中形成的畫面。如果你以為說出這句話的，是當今已難得一見，風情萬種的女性，那麼出來見客的可能會是一手拿著章魚燒的歐吉桑也不一定喔！沒錯，千萬別忘記占據了日語中大片江山的關西方言勢力。

通常，日語被認為是性別差異大，且敬語發達的語言。因此就算代名詞比較不發達，或是主語和目的語常常被省略，也不會影響訊息傳達的效率。但前述的內容，僅適用於以日語為母語的人身上，對於日語的學習者來說，則不啻是一道難以跨越的高牆。尤其像「……と彼は言った」、「……と彼女は言った」這樣的「ト書き」*在日語中不常出現，但卻很容易在小說中會有的對話，然後讓人誤以為原本是清秀佳人所說的話，卻以阪神虎隊鐵桿球迷歐吉桑的語氣來做解讀，反之亦然。

因此在上留學生的讀解課時，我一定會進行「音讀」（音読み）。同時也會要求學生，希望他們在預習課程內容的時候，哪怕一次也好，要發出聲音唸出來，

＊ ト書き：戲劇相關用語，指戲劇中在台詞以外，主要登場人物的動作和行為的指導說明。

同時在那些會讓他們感到困惑的地方，做上記號。經過這一番流程之後，就算是閱讀小說，也能大幅提高學生們正確理解書中的對話，是誰對誰，以及是用什麼樣的心情來說話的。雖然一些上了年紀的人，會不太好意思發出聲音來唸出小說，但「音讀」的效果，確實是不容小覷喔！

除了讀解課，在文法的課堂上我也喜歡使用音讀來授課。例如在遇到「自慢げに」或「自信なさげに」等這種「〜げ」的文型時，我會讓學生們用「自慢げに」和「自慢なさげに」的態度來試著說出「うちの猫のほうがかわいいと思います」這句話。使用「自慢げに」時，我會要求他們把下巴抬高，表現出一種傲視的感覺。然後在使用「自信なさげに」時，則要把眼珠子朝上，怯生生地說話。經過這樣的實作，想必能把「〜げ」的用法清楚地傳達給學生，而不用大費唇舌多做解釋了。為了驗收成果，接著我會請學生換成「不満げに」來試試。如果他們能嘶著嘴說出「うちの猫のほうがかわいいと思いますぅ」的話，這堂課的目的也就成功啦！

第 4 章

來翻翻字典吧！

提到「日本語書」，大多會令人連想到有關「語源」或是（這個字）「真正的意思等」等，提供單字層次和知識的書，但說到「日本語教師」的工作，就和教授這些語源和字義等略有不同。教室裡，日語老師不教只要翻開字典，就能找到答案的內容，而是指導學生該如何自己使用字典來學習。舉例來說，如果有學生把「そこはかとない風情」讀做「ソコハ、カトナイ」，然後認真地在字典中查找「カト」這個字的意思時，日語老師就要提醒他，得用「ソコハカトナイ」來查字典，才能找到想要的資訊。但老師在課堂上，並不會針對「そこはかとない」這個詞彙多做解釋。

因此，日語老師並不等於教授有關詞彙的相關知識的人。話說回來，翻閱字典其實還挺有意思的，有空時大家不妨也來體驗一下吧！

「近海」到底是哪裡啊？

我既愛貓，也好杯中物。對我來說，每天最幸福的時刻，莫過於可以同時享受到這兩種事物所帶來的快樂了，而在晚餐時間和貓咪對飲，就是這樣的時間。當然，貓是「滴酒不沾」的，但牠會乖乖地陪在我身邊；會陪著我一起小酌的，是家裡養的兩隻貓中年輕的灰色虎斑。當我坐在飯桌前開始喝起來時，灰虎斑小姑娘也會在享用完「晚上的美食」（不是晚飯的主食，而是稍微高級的貓食）後，來到我身邊。當牠清潔完臉和毛之後，就會靠在我的腳踝上，發出「グルグル」的聲音。雖然灰虎斑小姐不喜歡人家抱牠，也不會坐到飼主的膝蓋上撒嬌，但每天吃晚飯的時候，一定會跑過來溫暖我的腳踝（就算是夏天也一樣）。

某天晚上因一些原因，只有我一個人在家吃晚飯。因為嫌動手料理食物很麻煩，於是就把家中現有的蔬菜拿出來，再搭配一些乾貨將就將就。當我在櫥櫃裡

翻找有些什麼可以打牙祭時，發現了一包「北海道近海産いかなんこつ」（北海道近海產魷魚軟骨）。

已經忘了自己是在哪兒看過這樣一篇文章，內容中提到，有個愛裝行家的客人坐在壽司店的吧台前，向壽司師傅詢問「這是來自哪裡的食材啊？」然後師傅只冷冷地回了他一句「大海」。確實，對於來自海裡的魚來說，是不存在國界的，就算有，大概也會被視而不見吧！今晚我吃到魷魚，牠們的故鄉（大海）是「北海道近海」。但「近海」所指的，究竟是哪裡呢？在我和灰虎斑聊天喝酒時，這個問題開始引起我的興趣。反正家裡只有我一個人，要做什麼都行，於是我乾脆把一本小型國語辭典搬到飯桌上，開始查找「近海」的語意。然而字典中關於「近海」的解釋，竟然只有「陸地に近い海」（距離陸地較近的海）這樣而已。

遇到這種情況時，有時改用「反対語」（反義詞）來查詢反而更省時。但「近海」的反義詞是什麼呢？字典裡雖然有收錄「遠海」這個詞彙，但印象裡，我從來沒在生活中看過或聽過有關「遠海」的使用例子，但「遠洋」倒是滿常見的。此時我的注意力開始轉移到「海」和「洋」這兩個字上面了。

瀬戸内海、オホーツク海、地中海……

インド洋、太平洋、大西洋……

將這幾個字排列起來後我注意到，「洋」似乎比「海」來的更為遼闊。如果這樣來看，要是距離不近的話，和「遠海」相比「遠洋」似乎是更合適的表達方式。可是到哪裡為止算是「近海」，從哪裡開始才算是「遠洋」呢?

在大部分的情況下，「近海」不會單獨使用，而是以「〇〇近海」來呈現，「〇〇」裡可以放進陸地的名字。從上述內容可以知道，要是某片海域與陸地之間，有著一段不適合加上該陸地名稱的距離，或者是說，某片海域的位置要是位於「〇〇」與「△△」（例如北海道與阿拉斯加）兩塊陸地之間，而且很難說這裡比較靠近其中任何一方時，則可稱其為「遠洋」。

思及至此，我的腦海中突然浮現出「最寄り駅」（最近的車站）這個詞彙。其實離我家「最寄り駅」總共有三個，分別是〇車站、◇車站與△車站，三個車站到我家的距離都差不多「遠」。因此說是「最寄り」，還真有點諷刺啊！因為不論我要到任何一個車站，都要騎十分鐘以上的自行車才能到達，於是我只好把它想成：竟然有三個「最寄り駅」，真是奢侈啊！我可以依當天的心情來挑選喜歡的車站，然後再努力地踩著自行車過去。

和我共度晚酌時光的魷魚，原本棲息的地方比起俄羅斯和阿拉斯加，原來比較靠近北海道啊！

「くるしい」大集合

夏日的某一天，我看到家中另一隻褐色貓（年紀預估至少超過二十歲），身披厚重的皮毛，賴在老公的肚子上。就在那個當下，我的心頭同時浮現出「暑苦しい」（熱烘烘）和「愛くるしい」（惹人愛）這兩個詞彙。我突然想到，為什麼這兩個字裡，都有「くるしい」（痛苦）呢？

雖然自己手邊並非沒有需要處理的事情，但天氣太熱了，實在提不起勁來工作。或許是出於一種逃避的心態，我開始把手伸向字典。

如果想從字尾的部分來查單字，日本還有「逆引き辞書」這種字典。使用這種字典來查「くるしい」時，不從「く」開始，而是要翻開「い」的那一頁，用「いしるく」倒著的順序來查單詞。我其實滿喜歡這種字典的，尤其是想查詢除了「暑苦しい」和「愛くるしい」之外，日語中還有哪些「～くるしい」的時候，尤為

省事。我把《日本語逆引き辞典》從書架上拿出來翻閱後發現，喔，果然還有不少啊！

苦しい、愛くるしい、息苦しい、聞き苦しい、むさ苦しい、堅苦しい、暑苦しい、胸苦しい、寝苦しい、狭苦しい、目まぐるしい、見苦しい、耳苦しい、重苦しい、心苦しい

在前面這些詞彙中，「目まぐるしい」並非「苦しい」的複合語，它原本的型態應該是「めまぎろし（目＋紛ろし）」，亦即「目がちらちらする」，之後才衍伸為「煩わしい」之義。再翻開《岩波古語辞典　補訂版》（這是一本對於毫無古典素養如我的人來說，也能輕鬆使用的重要字典）來看，可以找到以下的例文。

散る花といづれ待て蝶めまぎろし（俳諧・埋草）

俳句中描述了一個花兒飄散、蝴蝶飛舞的情景，使人分辨不出，究竟何者是花瓣，何者是蝴蝶。句子想表達的應該是「蝶よ、ちらちら飛ぶでない」（蝴蝶啊！不要眼花繚亂的飛舞）吧！再來，在日本最大的日語字典《日本国語大辞典》中，提供了另一個參考的例子。

舟がつくとあんま御用はといふてくる。一文菓子売るかか（＝嬶）が、たびたびめまぎろしういふてくる（随筆・肝大小心録）

透過這段文字，讀者應該可以感受到，「ええい、うるさいわい！」（喔，怎麼那麼煩人啊！）的心情吧！記得好幾年前，我曾在京都的保津峽，體驗過順

流而下的觀光遊覽船。過程中來到一處河面寬廣，波瀾不驚之處時，突然有好幾艘販賣東西的小船往我的船靠過來。之前我曾在某處讀到，江戶時代，淀川上有一種名為「くらわんか舟」*的船。「くらわんか」就是「食らわんか」，吆喝起來相當有氣勢。雖然在保津峽販賣東西的船家相當溫和且頗有風情，但我就是看看而已，然後遙想過去曾經存在過的「くらわんか舟」。也藉由前面的例文，我們彷彿正看到那些商販們，一邊喊著「要不要按摩啊！要不要點心啊！」一邊駕著小舟往遊船靠過去的情景。

此景讓人覺得有些吵雜，卻又享受著這樣喧鬧的氛圍。但要是「め・まぎろし」的語源，往通俗的解釋發展下去，日後可能會出現使用「目間苦しい」等的例子

*くらわんか舟：江戶時期，提供酒食給在大阪淀川上往來之客船的小商船。

也說不定。但不論如何，因為「目まぐるしい」並非這一節所要討論的內容，這裡也就不再深入了。

接著我們來看看，剩下的「くるしい」複合語該怎麼讀吧！其實大致上可分為保持清音，和變成濁音「ぐるしい」的兩種讀法。

首先，接在動詞マス形（連用形）之後，需改為濁音。

聞き苦しい、寝苦しい、見苦しい

接在名詞之後的也是濁音「～ぐるしい」。

息苦しい、胸苦しい、耳苦しい、心苦しい

與前兩項不同的是，接在形容詞後的則維持清音。

むさ苦しい、堅苦しい、暑苦しい、狭苦しい、重苦しい

像這樣，由兩個以上的單字結合起來成為一個單字時，位於後方單字的開頭第一個假名如需變成濁音的情形，稱為「連濁」。有關連濁，目前已發現不少文法上的規則。例如其中一個規則是「係り—係られ」關係，也可稱為「修飾關係」。此時位於後方的單字，開頭部分的清音就很有可能會轉變為濁音。例如在「川」這個字變成複合語「山川」時，因為「山」和「川」為意思並列的關係，所以維持清音，唸成「やまかわ」。但如果像「山裡的河川」這樣，因為需要說明是怎麼樣的「川」，所以唸法就會變成濁音「やまがわ」。因此不管是保津川或桂川，只要是出現在河川名稱中的「川」，幾乎都要以濁音來唸。

原來如此。確實，在「聞いているのが苦しい」或「息が苦しい」中，可以發現前後兩個單字之間是有關連性的。另一方面，不需要變成濁音的情況，則是前後兩個字的意義，對等地排列在一起。像「むさく、苦しい」、「暑く、苦しい」、「狭く、苦しい」這樣，前後的修飾關係薄弱，僅靠&連結在一起的感覺。

嗯……這樣的說明感覺還挺可靠的呢！但有一個單字卻無法以前面的規則來做說明。

愛くるしい

字裡的「愛」到底意味著什麼呢？雖然在型態上它確實是名詞，但和「息苦しい」、「胸苦しい」又不一樣，並沒有出現連濁。而且在字義上，也給人「愛らしい」這種正面的觀感。和其他「～くるしい」的單字，全部皆為負面語意這一點來看，毫無疑問「愛くるしい」是用於讚美的詞彙。但為什麼會是「くるしい／ぐるしい」呢？進一步來看，在文字的呈現上，愛くるしい也和其他成員不一樣，目前電腦只會顯示出「愛くるしい」，而沒有「愛苦しい」這個文字變換選項。和前面提到的「めまぐるしい」相同，或許「あいくるしい」中的「くるしい」，並非「苦しい」也說不定。看來要找出單字背後的意義，還得繼續追本溯源才行。

有了進一步的線索後，我開始翻閱古語字典，找到了「愛くろし」這個字，發現它和「愛くるし」在意義上是相同的。那麼這個「くろし」又是什麼呢？繼續深挖下去後，我找到的說明為：這是用來（把單字）「形容詞化」的接尾詞。在《日本国語大辞典》的「くろし・い」項目裡，只舉出「おとなくろし」來做說明。

息女お百の姫〈略〉よめりざかりの花づくし袖の重ねににほはせておとなくろしきかけゑぼし（浄瑠璃・最明寺殿百人上﨟―女勢揃へ）

這段文字講述的是女兒的服裝「成熟穩重」，很明顯的帶有褒獎之意。

接著我又查閱了《広辞苑》的《逆引き広辞苑》，在「―くろしい」的條目中，看到「重くろしい、拗ねくろしい、ほてくろしい、むさくろしい」這幾個字。真有意思，「重苦しい」和「むさ苦しい」，至今仍在使用呢！我再次翻開《広辞苑》，發現「重くろしい」和「重苦しい」，「むさくろしい」和「むさくるしい」的意思是相同的。如果是這樣的話，難不成「愛くるしい」中的「くるしい」，果然是「苦しい」嗎？

思緒好混亂啊！

不知道是因為天氣炎熱還是理不出個頭緒，我感覺自己的大腦都要冒汗了。

算了，闔上書本吧……翻閱字典真是一點都不有趣。

話雖如此，這一番折騰下來我也不是沒有收穫。字典中有關「くろし」的單字，果然大部分還是以負面的內容居多，其中只有「大人くろし」為正面意義的詞彙。很高興自己能為「愛くろし」找到一個夥伴。另一個有趣的發現是，讓我找到了「ほてくろし」這個單字。《広辞苑》對它的解釋為「ホテはホテリ（熱）の意か」，並提供以下的用例。

アア、ほてくろし、放さんせ〈浄・薩摩歌〉

看到這句話時，讀者們的腦海中是否也浮現出，女性用力推開對她死纏爛打的男人這幅畫面呢？另外，「ほてくろし」一詞，好像也能完美形容我眼前這幅人貓景象呢！炎炎夏日裡，心滿意足地趴在慵懶的歐吉桑身上的貓，看起來真是「ほてくろし」啊！

「つまらない」的反義詞是什麼？

我家那隻灰色虎斑貓，經常在我的書桌附近出沒，今天牠又把軟綿綿的肚子壓在我的筆電上睡牠的大頭覺了。

「啊！真沒意思，好無聊喵嗚～（つまんにゃい）」

當貓可真好，我也想和牠們一樣，悠悠哉哉無所事事。

因為不打開筆電就沒有辦法工作，而且灰虎斑好像也沒有要離開的意思，所以我就在這一段等待的時間裡，查了一下「つまんにゃい」，不對，是「つまらない」這個字。或許讀者們會覺得，這種單字有必要翻字典來查嗎？但其實就在幾天前，發生了一件著實讓我驚訝的事。

「つまらない」這個形容詞經常出現在初級日語的課堂中，是一個相當基礎的單字。日語老師通常都將它當成是「おもしろい」的反義詞介紹給學生。或許正因如此，身為日語老師的我從來沒有質疑過，「おもしろい」的反義詞是「つまらない」這件事。但在某篇刊登在報紙上的報導指出（記得沒錯的話，是校閱部的人所寫的文章），「おもしろい」原本的反義詞應該是「おもしろくない」才對。當我讀到這篇文章後猛然想到，對啊！作者所言甚是。

我的「母方言」來自飛驒高山地區，在我老家當地，「おもしろい」的反義為「おもしろない」。高山方言中雖然也有「つまらん」一詞，但和「おもしろない」的意思不同，而是和日本人送禮時最喜歡說的「つまらないものですが……」（小小東西不成敬意）這句話中的「つまらない」相同，也就是「値打ちがない」（沒什麼價值）的意思。

於是我又重新回去翻字典，然後發現，不論是多麼輕薄的字典，至少都會收錄相同的兩種語義。以下是我把不同字典中「つまらない」的語意說明和例文，經過整理消化後的結果。

①興味が起こらない、おもしろくない

（例）この小説はつまらない。

つまらない映画で、眠くなった。

②値打ちがない、くだらない。

（例）つまらないものですが、どうぞ。

つまらないことをいちいち気にするな。

一個單字如果有兩種以上的意思時，字義的順序該如何排列，根據不同的字典，大致可分為兩個陣營。其一是「依照語義出現的歷史順序來排列」，其二是「從當代較常用到的語義開始排列」。就拿「つまらない」這個字的兩個語義來看，重視歷史的《岩波国語辞典》，採取的是先②後①。至於主張「從較常用到的語義開始排列」的《三省堂国語辞典》，則是先①後②。從這裡我們可以知道，

初級日語課堂中「この映画はつまらない（おもしろくない）」這個例句裡的「つまらない」，使用的是較晚才出現的語義。

其實，語義②並沒有衰退，直到今天依然保有相當的「勢力」。但我卻沒有注意到，自己在不知不覺中，已經變成使用新的語義的人了。

有趣的是，幾乎所有的字典中關於語義②的例文，幾乎全都採用「つまらないものですが」這句客套話。但我左思右想，覺得自己在實際生活中，似乎不太常聽到有人使用這句話，不知道大家的經驗如何呢？就算是送禮物給他人時，至少我是不會去使用的。雖然不能否定在半開玩笑的情況下，自己可能曾說過這句話。但是在大部分的情況下，我們其實更想強調禮物「つまらなくない」的部分，例如「こういうの、お好きじゃないかと思いまして」或「これ、おいしかったから、○○さんにもどうかと思って」。我甚至至對親近的友人說過像「このケーキ、すっごく高いんだからね。そのつもりで食べて！」（這個蛋糕真的很貴，

吃的時候要好好品嚐喔！）這樣的話（回頭想想，說這種話真是太沒水準啦！以後還是謹言慎行比較好）。

儘管如此，在許多日語會話教材或介紹日本文化的課本裡，「つまらないものですが」這句話，還是被當成具有日本特色的社交辭令並收錄其中。不過，這句話真的有在現實社會中拿來使用嗎？亦或這句話自然嗎？說不定實際的情況可能是，但經由後天灌輸的「有日本人風格」或「有日本特色」的事物，讓以日語為母語的人相信這原本就是自己的文化。

或許有一天，人們真的會像筆者這個老家在高山的人一樣，忘了原來「おもしろい」的反義是「おもしろない」啊！

「てでも動かぬ」貓

只要主人喊一聲「過來」，狗就會來到你身邊。可是貓可就沒有這麼聽話了。相反的，當主人一不喊牠了，貓卻又會自己跑過來。基於這個原因，當我在工作時，貓兒基本上都會出現在書桌上，不論怎麼趕也趕不走。炎炎夏日裡，牠會用尾巴堵住電腦的散熱孔，或直接用身體擋住我正在閱讀的那一頁。只要牠決定要在某個地方睡覺，就怎麼樣也動不了牠（てこでも動きません）了。

沒辦法，乾脆用字典來查一下「てこ」（槓桿）這個字吧！（因為貓霸占了我的桌子，所以改在地板上翻字典）

像「てこ」這種單字，與其用文字來解釋，看照片或圖片當然能更快掌握語義。但也正因如此，所以我從來沒有用文字的方式來思考過，「てこ」所指的究竟是柄還是支點的那部分，真是越想越有意思啊！

我翻開手邊的幾本小型國語字典後發現——

支点のまわりを自由に回転できる棒。レバー。重いものを動かすとき、下にさしこんで使う棒。目的をとげるために利用する、強力なもの。

（三省堂国語辞典）

〔物理で〕支点の周囲で自由に回転出来る棒。レバー。重い物の下に突っこんで、こじるようにして持ち上げたりするのに用いる棒。

（新明解国語辞典）

支点のまわりに回転し得る棒。力のモーメントを利用して、小さい力を大きい力に変えることができる。機械や工具の一要素として広く利用される。

（現代国語例解辞典）

支点の周りに回転し得る棒。その一端に力をくわえて大きな力に変えることができるので、重い物を動かす道具に利用する。

（岩波国語辞典）

原來決定「てこ」意思的關鍵是「回転」（轉動）啊！真是長知識了。另外，難道「レバー」（槓桿把手）也是「てこ」嗎？因為不確定，所以我又翻開字典，查看「レバー」的意思。然後發現，大部分的字典都用「lever＝てこ」，來解釋「レバー」的語源和譯語。為求謹慎，我又翻閱英和字典來查 lever 這個單字，果不其然，日語的翻譯仍為「てこ」，以前還真的從來沒注意過這件事呢！說到「レバー」（當然，我可沒有笨到把這裡的「レバー」，誤以為是「生牛肝」／レバ刺し的肝喔），我只知道它是人們在操作機械類工具時，會用到的棒狀把手。殊不知原來「レバー」的本質（結構），就是「てこ」啊！

因為我是物理的大外行，所以這個話題就此打住，不再繼續深掘了。但若要比較這幾本字典對單字解說難易度的掌握，三省堂出版的《三省堂国語辞典》和《新明解国語辞典》，表現得可圈可點。如果非得分出高下的話，那麼《三省堂国語辞典》絕對是我心目中的第一名。首先值得一提的是，把「目的をとげるために」（為了達成目的）列入語義中，是很明智的做法。其次，簡單一句「強力なもの」（強而有力的物品），也頗具語言上的效果。因為「目的」和「強力」的概念，對我們在理解像是「景気のテコ入れ策」（刺激經濟的政策）這種表現時，能提供必要的幫助。接著來談談《新明解》吧！它的解釋既好懂，但又不簡單。會在解釋中開玩笑似地使用「突っこんで」或「こじるようにして」這種字，《新明解》實在是太可愛了。

與三省堂出版的兩本字典相對的，是小學館的《現代国語例解辞典》和《岩波国語辞典》，後兩本字典對單字所做的解釋，我比較有意見。就拿小學館來說，首先，這解釋讀起來實在太像百科全書了。其次，解釋文中的「力のモーメント」到底是什麼意思啊？為了弄懂這個字，使用者還得另外去查「モーメント」的語義。還有，這兩本哪本先出版？和岩波的文字內容，相似度也未免太高了吧！讓人分不清差異。但因為岩波的文中有「重い物を動かす道具」這麼一句話，算是稍微優於小學館。

話雖如此，《現代国語例解辞典》在「基本語彙」上頗下功夫，尤其是有關「類義語」的敘述，更可見其功力，是一本有意思的字典。例如用其來查「つまらない」這個字時，會看到區分「ばかばかしい」和「くだらない」用法的表格，讓讀者對這兩個字的差異一目了然。如果讀者們對「コトバ」（字彙）的興趣超過「コト」（事物）的話，那麼一定要在案頭上擺一本。即使是我不喜歡百科全書式的解說文字，亦或認為該條目的撰文者不夠認真，總之我對《現代国語例解辞典》中「てこ」的解釋不太上心，但這無損於該字典的價值。

以上就是我使用好幾本字典來查「てこ」這個字，並拿它們來做比較的過程。如果單說結論的話，《三省堂国語辞典》最深得我心。這本字典就算在面對像「てこ」這類「百科語」*時，也堅持以詞彙（コトバ）來做說明的態度，和日語教師在工作上要使用詞彙（ことば）來解釋文字（ことば）的情況是一樣的，讓我很有共鳴。

＊收錄在日本國語辭典中的詞彙，大致可分為「一般語」和「百科語」兩種類型。舉例來說「山」、「川」等為一般語，這類詞彙在日常生活中為人們所普遍使用。至於像「冥王星」、「協奏曲」等較為專業的詞彙則稱作「百科語」，欲了解這類詞彙的意義，還需翻閱其他字典或百科全書等書籍。

有關「チョッカイ」的知識

貓是一種經常會以怪異姿勢來睡覺的動物。而且每當飼主看到牠們這麼睡的時候，就會想戲弄牠們一下（チョッカイを出したくなる）。雖然這麼做的話，會惹得喵星人老大不爽，但就飼主來說戲弄牠們這件事情是沒錯的，責任在貓那邊。誰叫牠們要擺出這麼可愛的姿勢來睡覺。

但當我看到會勾起人騷擾欲的貓咪時，一個問題突然浮上心頭。到底「チョッカイ」是什麼意思啊？翻開《日本国語大辞典》後，我發現了一些有意思的內容，在這裡和大家分享。

ちょっかい〔名〕①腕、手、手先を卑しめていう語

在這個解釋旁，出現了以下這則超有畫面感的例文。

由兵衛がちょっかいを、わが懐中へ突っ込むが最後、目口から五臓を吐かせるがえいか（歌舞伎・男伊達初買曾我三）

天哪……真是太可怕了！遙想昭和時代中葉，那個在日本國內，全家人會聚集在電視前收看同一檔節目，一齊拍手叫好的時代，「耳の穴から手ェつっこんで奥歯ガタガタいわしたる」（我要把手插進你的耳朵伸到嘴裡，把你的臼齒給扯下來）這句台詞曾經流行一時（如果年輕讀者們看到這句話覺得怪，沒聽過「藤田まこと」和「てなもんや三度笠」的話，請怪自己晚生了幾年吧）。就我的猜想，這句曾經走紅過的台詞，或許就是以由兵衛這句威脅別人的話為藍本所做的改編*。

* 該台詞源自昭和37～43年播放的「てなもんや三度笠」人氣搞笑節目裡，男主角藤田まこと常說的一句台詞。

不過，如果只是得到「チョッカイを出す」＝「手を出す」這個結果，根本不會讓我覺得很厲害。真正有意思的地方在這兒，請各位看一下同一本字典ちょっかい的語義③。

③猫が前の片足で物をかきよせるような動作をすること

貓兒出現啦！而且還伴隨「身體前方的某一隻腳」（前の片足）這種描述，感覺好仔細啊！唯一的缺點是，如果文中能用「某一隻手」（片手）而不是腳的話，就更完美了。撇開我的個人好惡，語義③的例文如下所示。

ちょっかいにたつ名ぞ惜しき猫の夢（俳諧・洛陽集）

讓我不揣冒昧來說明一下這首俳句吧！嗯……文中有貓，還有男人和女人，在我腦海中浮現出來的，只有男女的緋聞豔事而已。接著我又想到，類似這首俳句的和歌，不知道百人一首中有沒有收錄。想到這裡，我打開自己的記憶庫，用好像與之有關的詞彙開始搜尋（這種時候真覺得有網路實在太方便了）。

皇天不負苦心人，還真的被我查到了。

春の夜の夢ばかりなる手枕(たまくら)にかひなく立たむ名こそ惜しけれ（周防內侍）

如果我的推理沒錯，這首和歌果真是前面那首俳句的原型的話，那麼文中出現了「手枕、かいな（腕）」，且和貓兒「前方的某一隻腳」有關聯，再加上季節是春天，而且或許還是被爐（コタツ）尚未收起來的初春時節，那麼……這首和歌的內容所指涉的，不就有可能是《源氏物語》中那段著名的，因貓所引發的那場「簾子被掀開的桃色事件」了嗎！啊……實在是太有意思了，而且想來還真令人臉紅心跳呢！

無論如何，知道「チョッカイ」這個字和貓兒的緣分不淺，著實讓自己高興了一會兒。

話題回到《日本国語大辞典》，在這類大型字典中，還有介紹方言的部分。書中提到在山形的米澤地區，貓的前腳被稱為「チョッカイ」，在新潟和靜岡，以「チョッカイ」來稱呼貓稍微伸出手或玩耍的樣子。看來チョッカイ一詞語義的①和③，至今仍保存在各地的方言中。若再把目光投向和貓咪有關的部落格或Instagram可以發現，許多人在描述貓咪稍微伸出手的動作時，經常會使用「ちゃいちゃいする」這樣的表現，感覺不論是在文字和發音上，都和「ちょっかい」很相似。

總和以上內容可以得出，會在貓兒以奇怪的姿勢睡覺時，拉拉牠們小手的飼

主，只不過是對「チョッカイ」做出「チョッカイを出す」而已喔！對了，說到米澤這個地方，就不能不提到我最喜歡的一位漫畫家ますむらひろし（增村博）了，他的老家就在米澤。在增村先生所創造出來的漫畫世界中，主人公ヒデヨシ雖然是一隻惹人喜愛的貓（儘管也超會惹出一堆麻煩事），但也可稱得上是「チョッカイ」的天才。

有趣的想法一個接著一個冒出來，還真是一段有意思的時光啊！

連貓的手也想借

日語中有一句諺語叫做「猫の手も借りたい」，關於這句諺語，我有一些沒什麼意義（但就是在意）的想法。現實生活中，飼主就算遇到什麼困難，貓也不會伸出援手來幫忙，而且若牠們真要幫忙，飼主反而還會傷腦筋呢！我翻閱手邊的字典，查了一下有關「猫の手」這個字的含意。

非常に忙しくどんな助けでも欲しいさまにいう。（新潮国語辞典）

いそがしくてたいへんなようす。（三省堂国語辞典）

非常に忙しくて、どんな人にでも応援してもらいたい状態の意に用いられる。（新明解国語辞典）

非常に忙しく手不足なたとえ。（現代国語例解辞典）

非常に忙しいというたとえ。（岩波国語辞典）

非常に忙しく手不足な様子をたとえていう。（日本国語大辞典）

嗯！正如我所料，不同字典中的文字敘述其實大同小異，標註黑線的地方，也只是稍微顯示出該字典的特色而已。

但其實，我對標註了黑線的內容，還是有點小期待的。我認為「猫の手も」

中的「も」，應該有兩種解釋，而且根據兩者的差異，還會對整體的解釋產生巨大的影響。兩種解釋如下所示：

①雖然知道貓不能起到任何作用，但還是希望能借助牠的力量

②雖然可能會打擾到正忙著抓老鼠的貓，但還是想找牠來幫忙

在這個部分加上解釋的，上述的字典裡只有新潮和新明解而已。然而令人感到遺憾的是，不管立場多麼偏袒貓，這兩本字典選擇的都是①。難道②就沒有一點可能性嗎？

近年來，會抓老鼠的貓好像越來越少了，但有句話不就這麼說：「裝可愛就是貓咪的工作」。所以當人們在貓咪努力「裝可愛」，或在牠們「努力」一天睡二十三小時的時候找牠們來幫忙，實際上是打擾到牠們執行自己的工作呢！我的

解釋還說得通吧！

因為若是被反駁「妳這麼說不對吧」的話，這一節就結束了，所以還是讓我來介紹一下，在《日本国語大辞典》的「ねこ」條目裡，找到的兩個有趣的內容吧！

猫の蚤（のみ）取り＝猫の蚤を取ること。また、それを業としたもの

（例）五十ばかりの男風呂敷をかたにかけて、猫の蚤取りましょうと声立まはりける

（浮世草子・西鶴織留三・四）

又猫の蚤をとらんと呼びあるきて、妻子（うらか）を養ひしものもありけるとぞ

（随筆・燕石雑誌三・九）

沒想到，只靠抓貓身上的跳蚤就能當作一門生意，而且還可以賺取足以養家餬口的收入，真是個令人心神嚮往的時代啊！

再來看另一個例子。

猫の鼻＝常に冷たいもののたとえ

（例）猫の鼻と愛宕山とは正夏も冷（ひ）ゆる（譬喩尽三）

猫の鼻と傾城の心は寒（つめたい）（諺苑）

前文中出現的愛宕山，指的究竟是哪一座啊？是位於東京都心，標高二十多公尺的那座「高山」，還是位於京都的愛宕山呢？不管是哪一座，這兩處現在可都不是涼爽的地方，或許古時和今天的環境不一樣吧！在第二則例句中，不會去討好男人的女性被比喻為「猫の鼻」，真是有趣的表現。確實，貓咪剛睡醒時，鼻子是濕冷的。諺語中的男子雖然被女人給「冷」處理了，但還能想到拿貓咪來做比喻，看來應該也沒受到什麼打擊嘛……說不定，還有點暗自竊喜呢！

字典裡的「貓砂」

我想看到這裡，屬於「犬派」的讀者們應該已經有點按耐不住了吧！請大家再忍耐一下，讓我對字典裡的「猫」再多說一點。

每隻貓都不一樣，像我家那隻歐巴桑貓就是「不掩埋」（埋めないタイプ）的類型。這是火星文嗎？上面這段敘述，如果是家裡有喵星人的讀者，應該能馬上理解吧！吃了東西就要排泄，這是生物的天性。沒錯，這一節要來談有關排泄物的話題。在大多數的情況下，貓的廁所裡都會鋪上「貓砂」，而貓咪中分成會把排泄物謹慎地埋入貓砂中的類型，以及完事後就走人的類型，我家那隻老貓屬於後者。每次上完廁所，牠總是擺出一副好像幹了什麼好事的表情，然後大大方方地離開廁所。

關於這件事，我以「ねこ〇〇」來查了一下字典，然後發現了幾個有趣的地方。其中一個發現是，字典裡竟然有收錄「ねこすな」（猫砂）耶！

難道以前的字典沒有收錄這個字嗎？或許有些讀者會很驚訝，不過事實就真的是如此。雖然話不要說得這麼絕比較好，但至少在我家的二十多本國語字典裡，的確找不到這個字。唯一收錄了「貓砂」的字典，是《三省堂国語辞典》第七版。記得幾年前就有新聞報導指出，日本國內寵物的飼養數量，貓已經超越狗了。如果真如報導所言，那麼「貓砂」對日本國民來說，應該早就人盡皆知了。因此，字典裡確實該收錄貓砂一詞才對，如此一來，當好孩子不知道什麼是貓砂的時候，才能馬上去查字典。雖然不知道《三省堂国語辞典》是什麼時候開始收錄貓砂這個字的，但站在有養貓的飼主立場，我還是想誇一下《三省堂国語辞典》第七版。

雖然讚美是需要的，不過我還是在《三省堂国語辞典》關於貓砂的語義中，挑出了一些小毛病來。

ねこすな［猫砂］（名）飼いねこのトイレに敷（シ）きつめる砂状のもの。尿（ニョウ）を含むと固まる。

看到這段文字敘述的貓主人們，想必有一半已經想發表意見了吧！是的，市面上也有不會凝固的貓砂喔！（我彷彿聽見大部分養狗的人發出「這種事根本不重要吧」的感嘆了，但我會裝作沒聽到，繼續聊這個話題）目前我們家所用的貓砂就是不會凝固的類型。我家的貓用系統廁所（システムトイレ）中的漏水板下方有一塊墊子，在漏水板上方則鋪有貓砂，這是為了滿足方便後「想掩埋」類型的貓所做的設計。至於尿液則會通過貓砂，由下方的墊子吸收。

雖然不知道《三省堂国語辭典》中「貓砂」一詞的執筆者是誰，但我相信和撰文者有緣的那隻貓所使用的，一定是會凝固的貓砂吧！哈哈……

但接下來要提到的這個錯誤就稍微嚴重一點了。

我的另一個發現是，有些字典裡竟然把貓和狗給搞混了！

實際上是怎麼一回事呢？請看我在字典中發現的「ねこばば」這個條目的內容。

ねこーばば　猫ばば（猫糞）〈ーする〉拾い物などをして、それを届けたり返したりしないで、黙って自分のものとすること。「猫ばばをきめこむ」▼猫は糞をしたあと、後足で砂をかけてそれを隠すところから

（現代国語例解辞典）

世界上的貓咪啊……貓咪的主人們啊！發出你們的怒吼大聲宣布「貓做這種事情的時候，用的是『手』好嗎？喵嗚～」吧！

貓在做這件事的時候，不是用「後足」而是「前足」好嗎，而且如果可以的話，請用「手」這個字。會使用「後足」豪爽地踢飛砂子的是狗兒。為了與《現代国語例解辞典》抗衡，我翻開最具公信力的《広辞苑》來查同一個單字。後者在文中所使用的是「腳」這個字。其實把「前足」視為「腳」，是沒有可議之處的。但像《現代国語例解辞典》這樣，刻意要用「後足」這個字來表現，那只能說是失策了。我相信，這個條目的執筆者在構思這段文字時，腦海中浮現的應該是狗兒奮力地踢飛沙子的情景，卻絲毫沒意識到貓兒並不會做這種事。其實不限於編纂字典，沒有意識到自己對某件事「並不清楚」，是件很危險的事情。藉由這個發現，我自己也上了一課。

但整件事情有爭議的地方，其實並非貓兒所用的到底是「手」還是「足」，而是「ババ（＝糞）を隠す」這個行為，被用來比喻為「湮滅所做的壞事」這一點。真不知道執筆者是用什麼心態去理解，貓咪不想讓其他人看到牠的排泄物的心情。話說，換作是我家那隻不會把自己的排泄物給隱藏起來的歐巴桑貓，難道要說牠是一隻「猫ババしない清潔な猫」？這理論好像有點怪怪的呢！

另外，「猫なで声」這個收錄在字典中有關貓咪的條目，我從過去就一直很在意。這個詞彙的解釋有以下這兩條：

①猫をなでるときにヒトが出す甘ったるい声
②人になでられて喜んだ猫が出す声

對我來說，①才是正確的解釋。「猫なで声」絕對是人發出來的聲音，而且這種聲音還是不會想讓其他人聽到的，有點怪怪的聲音。說到底，貓咪在心情好的時候是不會發出聲音的，牠們只會安靜地用喉嚨製造出「クゥクゥ」或「グルグル」的咕嚕聲響而已。貓兒會發出「喵」的時候，通常是想提醒那些搞不清楚狀況的人，要他們「快點起床弄飯給我吃啦」、「好無聊啊！扔一下那個球來瞧瞧」。各位想想，在這種情況下，貓咪怎麼可能會發出「嬌滴滴」的聲音呢？沒有同時飛來一記「貓拳」（猫ぱんち）就很不錯了。

目前大部分的字典裡，幾乎都還保留了②的內容，我認為應該要趕緊把這個部分的敘述從字典中消除才對。然後除了「貓砂」以外，應該要加入「貓草」，還有「カリカリ」（乾燥貓飼料）等條目，對了，「猫ぱんち」也不能少喔！

有意思的琺瑯

前一陣子我買了一個新的奶油收納盒；原先那個使用了好長一段時間的陶器盒，因為撞到冰箱所以缺了一角。雖然事後我立刻用快乾膠試著來做修補，但由於它會散發出好像對人體健康有害的氣味，而且使用的時候，看上去實在太寒酸了，於是我鼓勵自己「那就買個奶油收納盒吧！」反正也沒阮囊羞澀到無法支付這筆錢的地步不是嗎？

好，說買就買。

陶器的奶油收納盒前輩，伴隨我長達四分之一個世紀。考慮到自己現在的年齡，我認為接下來要到我家的後輩收納盒，一定要是能與我共度餘生的好東西才行。它不只要堅固耐用，還得是讓人看了就會想好好使用的精品。整理好自己的想法後，我立即上網開始搜尋，然後還真讓我找到了一個，符合預設條件的好東西。這個收納盒的本體部分為琺瑯材質，搭配的蓋子和前輩一樣是木製的。它的白色散發出溫潤的光澤，和木頭材質的蓋子真是天生一對。

每當我要替換掉用了很久的東西時，都會舉行一個「交接儀式」。把前輩和新人擺在一起，讓他們打個招呼照個面。

「小老弟你要加油喔，別和我一樣遇到這種事……」

「是的，前輩！我雖然初出茅廬，但身體很結實，不要擔心。」

如果沒這麼做的話，我的心理就不踏實，總覺得老東西會變成妖怪。交接儀式結束後，我把用到一半的奶油換到新的盒子裡，然後再次仔細端詳。嗯……我覺得自己這一次可真是買對東西了。

就在這個時候我突然想到，不知道「ほうろう」（琺瑯）這個字是源自於哪裡？當然「ほうろう」是日語沒錯，但我所不知道的是它的語種。也就是說，它應該是用片假名來書寫的外來語呢？還是就像它有漢字「琺瑯」一樣，是源自於漢語

的單字呢？進一步來說，如果「ほうろう」是外來語的話，它的祖國在哪？而且如果琺瑯真的是外來語的話，遇到長音應該標記為「ホーロー」才對，但日本社會中我們也常看到「ホウロウ」這種寫法。這個單字真是身世成謎啊！

於是乎，我開始對琺瑯進行身家調查。

先說結果吧！最後得到的答案是「語源不明」。

第一步，我先去翻閱了日本的國語字典，結果字典裡的敘述曖昧不明，而且從標題開始，就不是很有把握了。甚至沒有任何關於「語源」的敘述。讀者們要知道，不論是多麼輕薄短小的日語字典，只要是收錄在其中的外來語，就一定會附上原文。最誇張的是，就連最卷帙浩繁的《日本国語大辞典》，也對其視而不見，就連一句「語源未詳」都沒有，這到底是怎麼一回事啊？

事情到了這一步，我越來越覺得這個單字真的太可疑了。因為實在是束手無策，所以最後決定在網路上來找線索。然而網路上雖然有不少對「琺瑯」這個東西的說明，卻沒有關於單字的解釋，最後我找到了一個看起來最可靠的單位：「一般社団法人日本琺瑯工業会」。

怎麼樣，從名稱看起來就挺可靠的吧！然後，這個團體在他們的網頁裡有這麼一段文字敘述。

さて、この「琺瑯」という言葉、どこからきたのかといえば、実は定説がないのです。

唉！我無語了。儘管琺瑯和我們的生活是這麼的息息相關，但……

因為這樣，我對琺瑯的身家調查也就戛然中止了。就連「一般社団法人日本琺瑯工業会」也搞不清楚的事情，像我這樣隨興的調查，是很難再有更多斬獲的。

不過，在這次探詢琺瑯身世的過程中，我還是有學習到新知。這裡請大家回想一下，在一些有點年代的小說裡，是不是曾經看過「瀨戶引き」一詞啊？這個「瀨戶引き」其實就是「琺瑯」。雖然我相信有不少人早已知道這件事了，但在此之前，我一直都只是讀過去而已，沒有確認過兩者之間的關係。然而經過這一遭，像「瀨戶引きの洗面器」或「瀨戶引きの薬罐」的形象，都能清晰的浮現在自己的腦中。而且我彷彿能具體感受到，小說中的人物在使用這些器物時，所聽到的聲音和感受到的觸感，真令人開心。另外，「七宝焼」這種東西，其實也是琺瑯喔！雖然其材質為金屬，和琺瑯不太一樣，但製作的工藝原理卻是相同的。還有還有，我們牙齒表面的牙釉質（Enamel），也稱作「琺瑯質」喔！

行文至此，琺瑯的假名該如何標記，這個問題雖然仍沒能得到解決，但我認為琺瑯所散發出的那種，不知該形容為冰冷或溫暖的美麗光澤，真的很匹配「琺瑯」這個漢字。不過，我想家裡的新人奶油收納盒小弟（不知道為什麼它是男的），更適合「ホーロー」這個輕快的稱呼。

那麼，ホーロー君，從今天開始，還請多多指教囉！最後，我希望ホーロー君最好能不要知道，其實琺瑯是很脆弱（不耐撞擊）的這個事實。

關於「恋しい」的長篇大論

時序進入「秋冷」*，這是個會令人懷念起人的溫度的時節（人肌恋しい季節）。對於不喜歡被人抱的貓來說，也不例外。秋天是適合抱著貓的季節，夏天時如果抱貓的話，手腕不只會出汗，還會沾上一堆貓毛。但「人肌恋しい秋」，就是對貓和對人都幸福的季節啦！這一節讓我們一起來認識一下「恋しい」這個美妙的形容詞吧！

＊秋冷：為日語中的季語，對應的時期約在九至十月之間。

首先來看看例文。

こんな日は昔いっしょに暮した猫が恋しくてならぬ。
ウイグル旅行五日め、そろそろ日本食が恋しくなってきた。

如例文所示，「恋しい」的前面要使用格助詞「が」。雖然一般來說，「が」給人主格的印象，但在這裡，因「私」和「ぼく」等，作為「恋しい」的感情主體被省略掉了，所以「が」被用在感情投射的對象上。擺在「~が」這個位置的，從前面的例文中可以知道，有「人肌」、「猫」、「日本食」等，這些字彙在文法用語中稱作「對象語」。一般當我們提到「對象」，例如「猫を拾う」、「猫を飼う」等句子時，通常會使用格助詞「を」。但在某些特定的述語的情況下，雖然在意義上是指「對象」，但格助詞使用「が」會比「を」來的更合適。至於

所謂特定的述語，除了「恋しい」，還有「好き、嫌い、わかる、ほしい、～したい、できる（する的可能動詞）」等。例文如「猫が好き」、「猫が飼いたい」、「日本語がわかる犬」、「ペットが飼えるアパート」。

好啦！文法解釋就到這裡，接著翻開字典來查一下「恋しい」的意思吧！雖然我一直認為，《三省堂国語辞典》的單字解釋技壓其他字典，但在「恋しい」這個字上表現最佳的，我認為是《岩波国語辞典》的語義解釋。

そのものが身近にはなく（その人のそばには居られず）、どうしようもなく慕わしくてせつないほどだ。

從這段文字可以知道，「身邊沒有」（或不在身邊）是理解上的第一個重點。家裡養的貓就在眼前時，飼主不會說「猫が恋しいなあ」。同樣的，人們也不會

在吃鹽烤鯖魚定食的時候，說「日本食が恋しい」。至於「慕わしくてせつないほど」的對象，應該是我們所熟悉的人、物或場所。無論有多麼「希望這裡有這個東西」，一般人也不會說「充電スポットが恋しい！」這種話。

但就算是人們再熟悉不過的地方，在面臨到非常渴望及迫切的需要時，我們好像也不會說「うう、トイレが恋しい」這句話。不過關於這個現象，我覺得有必要做更進一步的調查。

就在我左思右想的時候，意外地從某個人那兒得到了關於理解這件事的靈感。假設有一位疲憊的背包客在如廁條件不佳的偏遠地區旅行時，心裡應該會想吶喊「ああ、自宅のトイレが恋しい」吧……

的確，這是很有可能會出現的情景呢！由此可知，「慕わしい」（思念）這個因素果然很重要。就算生活在城市中，有一天在外頭突然肚子疼，剛好所在位置的附近（身近い）也找不著可以使用的廁所時，我們好像也不至於產生像背包客對廁所的那種「恋しい」感受。人們會對廁所心生思慕、懷念之情，渴望能夠使用那柔軟的雙層衛生紙，以及只需輕輕地按個按鈕，就會看到有如夢幻般湧泉噴出來的時候，應該是在經歷長途且嚴苛的旅行途中吧！

由此可知，對那些每天都要到咖啡店帶一杯〇〇拿鐵走的人來說，當他們身處大山深處或塔克拉瑪干沙漠的中心時，應該會想大喊「ああ、スタバが恋しい」或「フリーWi－Fiが恋しい」吧！因為對他們而言，在上述的情境下，咖啡店應該是他們既熟悉而且又想念的地方。

另一個應該列入考量的重要因素是「温かさ」（溫度）。雖然夏天來臨時，大家可能都看過類似「水が恋しい季節」的句子，但是對涼爽的地方或冰冷的物品使用「恋しい」這個字，我總覺得有點不太好，不知道各位讀者們的看法如何？

いやあ、こう暑いと、ガリガリ君が恋しいね。

いやあ、冷えますなあ。鍋が恋しい季節ですな。

藉由前面這樣，把兩個句子並列來做比較後可以發現到，比起「ガリガリ君」冰棒那一句，火鍋（或者熱酒、被爐）的句子好像更讓人有感，對吧！

最後，我把自己的觀察加入《岩波国語辞典》對「恋しい」的解釋後，改寫如下：

身も心もあたたかくなるような、なじみのあるものが容易にアクセスできるところにはなく（またそのような人のそばには居られず）、どうしようもなく慕わしくてせつないほどだ。

大概就這樣吧！（寫得好長啊）

第 5 章
讓人不愛的日語

我並不認為這個世界上有「正確的日文」（タダシイ日本語）和「不正確的日文」（タダシクナイ日本語）這種想法。不過，若當事人發現自己一不留神所用的日語有點問題的話，那當然就是不正確的日語了。但只要有人充滿自信的使用他自認為沒有問題的日語來表達的話，我認為這樣的日語全部都應該視為「日語」。話雖如此，社會上還是存在著所謂「主流的日語」和「非主流的日語」。而且像過去屬於非主流的「ラ抜き」表現（省略掉ラ的用法），現在已經逐漸往主流接近了。日語仍在持續的變化，過去被視為誤用的，也有可能在未來變成正式的文法。

儘管如此，有些日語我無論怎樣都不喜歡，甚至還想大聲宣布，它們是「不正確的日語」。本章，就讓我來把這些有問題的日語給揪出來。

不該使用的「あるまじき」

「まことに、あるまじきことで、きわめて遺憾であり」，通常說這句話的人們會整齊地排成一排，在麥克風前深深地一鞠躬，讓他們的頭頂接受來自相機閃光燈的洗禮。這裡我想請各位讀者來思考一下，這樣的「道歉記者會」為何會讓人絲毫感受不到歉意呢？

「あるまじき」是「あってはならない」較為文言的表現。「～まじき」是否定的推量助動詞「～まじ」的連體形。看到這裡，許多人可能開始抱怨「不要再講什麼文法用語了啦！頭都痛了」。但實際上，這種有點歷史感的助動詞，其實偶爾還是會出現在平常的對話中喔！

許すまじ、AB 政権！

＝民主主義不容破壞！

すまじきものは宮仕え。

＝在公司上班是很辛苦的，做不得啊！

世に盗っ人の種は尽きまじ。

＝在這個世界上，小偷大概不會消失吧！

如果有大家看到這裡，已經發現好像哪裡有問題的話，語感相當敏銳喔！前面我提到，「～まじ」是「否定的推量助動詞」。但在前面所舉的三個例子中，〈否定的推量〉翻譯成現代日語是「ない＋だろう」的，只有第三句子中的「尽きまじ」而已。「宮仕え」那句裡的「まじき」，意思是「するものではない」（不該做），為〈不適合〉之意。至於在抗議標語中的「まじき」，意思是「許さないぞ！」（絕不原諒），為〈否定的意志〉。

這到底是怎麼一回事啊？

雖然這三個「～まじ」要傳達的事情完全不同，但從根本上來理解卻又是一樣的。「～まじ」原本指的是「對尚未發生的事情所做的否定」，從這個角度來看，這三個句子都能說得通。至於造成語意不同的，其實是隱藏在句子後面的不同「主語」。

別想在隱藏起來的主語上打馬虎眼

這裡讓我用讀者們較為熟悉的助動詞來做個說明吧！現代日語中，大家一般會用到的「～う／よう」和「～ましょう」，其實和「～まじ」一樣，也會因隱身起來的主語，造成句子意義上的改變。

いい天気だなあ。きょうは外でご飯食べようっと。

…出門吃飯的人是我（私）→〈意志〉

ねえねえ、外へ食べに行こうよ。きっと気持ちいいよ。

…出門吃飯的是我和你（私とあなた）→〈勸誘〉

このお天気はしばらく続くでありましょう。

…會持續下去的是天氣→〈推量〉

雖然前面的例句中提到的每一件，都是「之後才會發生的事情」，但主語是第一人稱時為〈意志〉，主語為第二人稱時為〈勸誘〉，主語為第三人稱時為〈推量〉。

換成是「～まじ」也一樣。回到前一節的例子，「許すまじ！」的主語是「我」（私），第一人稱。「（宮仕えを）すまじ」的主語，一般來說是第二人稱（或是包含聽者在內的「我們」）。至於「尽きまじ」的主語是「盗っ人の種」，第三人稱。而和不同人稱所對應的「～まじ」，語意也區分為〈否定的意志〉、〈不適合〉、〈否定的推量〉。是不是很有意思啊！

我們接著來看。

當政府、企業或社會團體出事情的時候，負責人通常會板著一張臉來開記者會，而且在那個場合，他們通常會說以下這句話。

まことに、あってはならないことで、遺憾に思います。

這句話裡頭的「あってはならない」，如果用稍微古風的方式來呈現的話，就是前面提過的「あるまじき」，即「まことに、あるまじきことで、きわめて遺憾であります」。

那麼這個句子裡「ある」的主語是誰呢?沒錯，是第三人稱。「賄賂、修改會計內容、對安全檢查放水、個人資料外流、竄改公文」等，是句子裡的主語。從這個思路來正確理解召開記者會的人想表達的，應該是「あるはずのないことが起きてしまった」，亦即「這些事都是在我不知情的情況下發生的」。

嗯……

至少身為一位日語老師，我是覺得如果真心誠意想要道歉的話，應該說的是以下這句話才對。

まことに、してはならないことをしてしまいました。ごめんなさい。

是的，我認為要以第一人稱來發言才行。句子中應該以「私」（我）或至少是「私たち」（我們），以第一人稱為主語的形式，來承擔責任。

我認為只有因意外事故導致痛失親人的人、明明已經報警立案了，但案子卻被警方吃掉的受害者、在不知情的情況下，買到不符合安全標準的房子的住戶，以及因遭遇核災，只能忍痛放棄自己故鄉的人，才有資格使用「あるまじき」這個表現，而非那些「した人」（事情的始作俑者）。

雖然一般來說，日語被認為是一種主語不太明確的語言，但事實並非如此。日語中具有，就算沒有明示也能知道主語是誰的架構。但希望大家不要把「就算沒有明示，也知道主語是誰」這件事，和「可以在誰是主語上打馬虎眼」，給混為一談。

說到底，那些會在道歉記者會上鞠躬彎腰的那些人，也不是真心要承擔（自己）「做過的事」的責任。

令人困惑的軛式搭配案例

雖然我是吃日語這行飯的，但這並不表示我每天都在找語言的碴。我是屬於那種享受「有人說錯話了」的人。這次讓我發現的，是一則夾在報紙裡的化妝品摺頁廣告，內容如下。

シミも、ハリも、これ一つ

這是一款主打抗老化（アンチエイジング）的化妝品，號稱只要塗上這款抗老霜，不可思議的事情就要發生囉！使用者的肌膚將重返年輕時的狀態。到底要不要買啊？連我也陷入了天人交戰中。

看到「AもBも～」這種用法時，可以將其理解為「Aも～。そしてBも～」。也就是說「～」這個地方，應該是A和B兩方所共有的事物。這種修辭方式在日語稱為「軛式搭配」（軛語法）。

「軛」指的是馬車上的橫木，架在馬的胸前，可以將馬的拉力傳給車子。現在請各位讀者在腦中想像一輛由兩匹馬所拉的馬車，其中一匹馬叫「シミ」（黑斑），另一匹叫「ハリ」（彈性），這兩匹馬要共同拉動一輛馬車。雖然相當於馬車部分的文字在廣告中被省略掉了，但如果將其補上來的話就是「（これ一つで解決する／かなう／解消できる」。

嗯……

我認為使用者想「解決」掉的，應該只有「黑斑」而已，而非「彈性」。如果硬要說的話，應該是缺乏彈性「ハリのなさ」吧！如果這個句子裡共有的部分是「解消」，這樣不是很奇怪嗎？黑斑是我們想「消除」的，但連「彈性」也被消除掉的話，就讓人傷腦筋了。肌膚的「彈性」可是我們用盡千方百計都要留下來的呢！這款抗老霜若能為我們「實現」（かなう）彈性的話真是太好了，但連黑斑也要「實現」的話，那就謝謝再連絡了。

在同一則廣告的右邊，還可看到「ハリケア」和「シミケア」這兩句話。而且這個「ケア」（呵護、照顧）的解釋，也相當有意思。

残ったハリを温存すべく手入れする（照顧肌膚保留彈性）

できたシミを撲滅すべく手入れする（照顧肌膚消滅黑斑）

保留和消滅本來應該是完全相反的行為，卻同時被整合在「ケア」之下。

不知為何，像這類的失誤經常可見於化妝品廣告中，甚至其中有不少，還是出自知名品牌呢！唉……反正消費者也能理解廣告想傳遞的訊息，或許可以不將其視為「錯誤」，但還是有種做事馬虎的感覺，而且造成的後果是理論不通，這馬車都快要解體了。

可疑的黑點「中黑」

有意思的還不只如此，這種奇妙的「軛」，在化妝品以外的地方，也經常可出現在醫藥品或美容、健康的營養補充品廣告中。

シミ・ハリのない肌に和漢のちから

如何，各位看官們會買這款營養補充品嗎？「・」在日語中稱為「ナカグロ」（中黑）。當我們把幾個單字並列時，如果在單字之間加入「中黑」的話，表示前後單字的關係是平等的。舉例來說可以這麼使用：「猫には、三毛・灰色・サビ・白・黒など、いろいろな毛色がある」。同樣有區分文章段落功能的符號，在日語中還有「、」（読点）。但要注意，中黑這個符號的「黏著度」比讀點更強。

在一篇日語的文章中，如果全部使用讀點來做段落區隔的話，有時會讓讀者很難理解整體的結構，此時適當的加入中黑，就能簡單地把想要整合起來的東西給綁在一起。例如在上述「猫には、いろいろな毛色がある」這個句子中，中黑就起到把「三毛」到「黑色」五種毛色都統合起來的作用。

所以說，前面提到的營養補充品廣告中，犯了一個很大的錯誤。沒錯！稱其為「錯誤」一點也不為過。

不然各位請看看。

シミのない肌（沒有黑斑的肌膚）

ハリのない肌（沒有彈性的肌膚）

這兩個句子所呈現的需求，根本是完全相反、對立的。想要同時、平等追求這兩種功效的營養補充品，葫蘆裡到底在賣什麼膏藥呢？真的是想要吐槽一下。當然，寫下這段文字的人心裡所想的文字，應該是像以下這樣排列。

シミ
ハリのない肌

但是，若從中黑的性質上來考慮，讀到這段文字的日本人，一定會同等看待出現在中黑前後的單字。因此從讀者的視角來看，立刻做出的反應是：同時接收到中黑前後並列的這兩個片假名，亦即腦中出現的句子會是：「シミとハリ」のない肌（黑斑和彈性都失去的肌膚）。

假如結果真的變成這樣的話，好在，因為這個句子尚未結束，廣告文案在「～に和漢のちから⋯」之後，強行做出以下這兩種解釋的話，勉強還能自圓其說。

和漢のちからがシミのない肌にします！
和漢のちからがハリのない肌に効きます！

或者像這樣也可以。

和漢のちからがシミのない肌にします！
和漢のちからがハリのある肌にします！

儘管如此，文中省略掉「する」和「効く」等不同要素的單字，怎麼看都算犯規。連把「ない／ある」加入文中這件事都要麻煩讀者來做，還真是不像話。雖說日文是一種高度依賴文章脈絡來理解的語言，但也不能這樣吃日語的豆腐啊！當然，我並沒有要大力抨擊，說這樣的文句表現是「不正確的日語」，但它們的確是「不親切的日語」。一則廣告文案，若無法讓讀者看一眼就明白其想要傳達出的內容，我認為就算是一種錯誤了。

「軛式搭配」和「中黑」的不當使用案例，之所以會頻繁出現在化妝品或醫藥品的廣告中，究其原因，可能和這些產品都想強調自己具有多種的功效有關。今天若有人推薦大家一瓶「倦怠感・疲労回復に、グイッとこの一本！」（只要喝下這一瓶，就能恢復倦怠感和疲勞感）的能量飲料，你們會想試試看嗎？要是喝了以後自己的「倦怠感」被「恢復」了，那不是太糟糕了……廣告部門的各位，構思文案時請細心一點好嗎？

請問你們是「夫妻」嗎？還是「雙薪家庭」呢？

最近幾年每到年末的時候，我總是會被「ふるさと納税*」（故鄉稅）吸引。日本這個制度的使用者只要在每年的十二月三十一日以前完成捐款，就可以達到節稅的效果，而且「實際上只要二千日圓」，還能獲得超值「回禮」喔！

雖然拿回禮就很難再以「捐款」視之，但總務省卻一直以「節稅」為口號，讓這個制度感覺越來越不單純。不過，身為一個清白又誠實的納稅人……我最

* 日本的納稅義務人除了所得稅外，還需繳交住民稅給現居地的地方政府。因此，人口越多的都市所能收取的稅金就越多，財力也越雄厚，加大了城鄉之間的差距。為了避免這種事態繼續惡化下去，日本政府於二〇〇八年開始導入「故鄉稅」。該制度能讓民眾向自己選定的地方自治體捐款（不是真正的「故鄉」也可以），以助地方發展。而且在扣除個人的部分負擔金額（兩千日圓）後，所捐出的故鄉稅可用於折抵該年度的所得稅與下一年度的住民稅。另外，一些收到捐款的地方自治體會以當地的農特產品作為謝禮，送給捐款者。不過，有些謝禮過於「豪華」，曾引起日本社會輿論熱議，認為此舉存在模糊故鄉稅本意的風險。

後還是敗給了自己的慾望啦！但我這可是為了支持沖繩，然後「順便購買」了ORION啤酒而已喔……因為自己也參與了，所以沒有資格批評這個制度。但身為一位日語老師，我對下面這張出自總務省「ふるさと納税ポータルサイト」（故鄉稅入口網站）裡表格中所使用的文字，卻很有意見。

如果希望能達到「実質二千円」（實際上只有支付兩千日圓）的話，捐款金額是有上限的。根據家庭的年收入不同，能抵扣的捐款金額也不一樣，而且左邊這張一覽表，也可以幫助我們快速理解。但是，請看在這張表中的「家族構成」這一欄。

特別是在該欄位裡的「独身又は共働き」／「夫婦」這兩個項目中，讓我最在意的莫過於以下這兩個詞彙。

共働き／夫婦（雙薪家庭／夫妻）

能夠全額折抵稅金的故鄉稅繳納基準
(年間上限、平成二十七年度以後)

ふるさと納税を行う本人の給与収入	ふるさと納税を行う人の家族構成						
	独身又は共働き	夫婦	共働き+子1人(高校生)	共働き+子1人(大学生)	夫婦+子1人(高校生)	共働き+子2人(大学生と高校生)	夫婦+子2人(大学生と高校生)
300万円	28,000	19,000	19,000	15,000	11,000	7,000	
325万円	31,000	23,000	23,000	18,000	14,000	10,000	3,000
350万円	34,000	26,000	26,000	22,000	18,000	13,000	5,000
375万円	38,000	29,000	29,000	25,000	21,000	17,000	8,000
400万円	42,000	33,000	33,000	29,000	25,000	21,000	12,000
425万円	45,000	37,000	37,000	33,000	29,000	24,000	16,000
450万円	52,000	41,000	41,000	37,000	33,000	28,000	20,000
475万円	56,000	45,000	45,000	40,000	36,000	32,000	24,000
500万円	61,000	49,000	49,000	44,000	40,000	36,000	28,000

※ 根據總務省「故鄉稅入口網站」資料製表

「共働き」和「夫婦」竟然是分開來對比的項目。

這難道不奇怪嗎？

難以理解是吧！

雖然我平常都主張，並不存在所謂「正確」的日語，只有是否「適當」的問題，但碰上這樣的表格又得另當別論了。當我們在說明規則或法律制度時，得讓所有的人都看得懂才行。因此在這種地方，希望主事者都能使用「正確的日語」來表達。

當我為了保險起見，再次對表格的內容作確認時，發現關於「共働き」和「夫婦」是有加上註釋的，引用如下。

此處的**「共働き」**指的是，繳納故鄉稅的人，不適用配偶（特別）折抵的情況。**「夫婦」**指的是，繳納故鄉稅的人，其配偶沒有收入的情況。

嗯……所以重點是配偶有沒有收入是吧！

從前面這段文字中我們可以知道，原來「夫婦」有兩種類型。既然是這樣的話，應該表示為「〇〇夫婦」和「△△夫婦」才對吧！把「〇〇」和「夫婦」做對比，不是很奇怪嗎？

也就是說在這種情形下，正確的標示應該如下所示。

共働き夫婦／片働き夫婦（雙薪家庭夫妻／單薪家庭夫妻）

或許有讀者會說，自己從沒看過「片働き夫婦」這個單字，沒錯！因為連我也沒有看過。但既然把「共働き」和「夫婦」拿來做對比，彷彿就像對外宣告，「共働き」不是「夫婦」一樣。如果為了要達到對等關係，我能想到的只有在「夫婦」前面冠上「片働き」而已。

這張表繼續看下去會發現，還有列舉出有無孩子和其年齡。

「共働き＋子一人」（雙薪家庭＋孩子一人）
「夫婦＋子一人」（夫妻＋孩子一人）

這裡的「共働き」和「夫婦」依然像是相反的兩個詞彙並列在一起。然而不用想也知道，社會上也有「独身＋子」（「單身＋孩子」）的家庭，況且日後當同性結婚也合法了，那麼不符合「夫＋婦」的情況只會越來越普遍而已。甚至出現有三位「親」（家長）的多元家庭也不無可能。

將來的事情這裡暫且不談，單從當下以「普通的夫婦」觀來看，把「夫婦」和「共働き」並列在一起，我認為在日語中是很詭異的事。就算「共働き」是「共働き夫婦」的簡稱，但作為上位語的「夫婦」，竟然和屬於其下位分類的「共働き夫婦」並列，還列屬於同位，那就很奇怪了。

所謂的「上位語／下位語」，指的是像下面這幾個單字之間的關係。

【上位語】	【下位語】
動物	犬、猫、ライオン、カピバラ……（狗、貓、獅子、水豚）
くだもの（水果）	りんご、みかん、柿、バナナ……（蘋果、橘子、柿子、香蕉）
スポーツ（運動）	サッカー、野球、テニス、弓道……（足球、棒球、網球、射箭）

舉例來說，「うちは動物や犬を飼ってます」（我家有養動物和狗）這句話很怪吧！若讀者們被人問到「柿とくだものとどっちが好き？」（你比較喜歡柿子還是水果呢？）的話，還真不知道該如何回答呢！如果聽到有人說「ぼく、サ

ッカーやスポーツなんかの弓道が得意です」（我擅長踢足球和運動中的射箭），你的腦中不會出現問號嗎？所以總務省的那張表中所傳達的，其實就是「お宅は夫婦ですか、それとも共働きですか？」（請問你們是夫妻還是雙薪家庭呢）。實在讓人無法理解啊！

接著來看，我認為在說明法律或制度的文章裡，允許使用像是這樣的單字排列，是與法律的理念不符。原因在於，如此一來等於把「片働き夫婦」當作預設值（デフォルト）來對待了。這樣不啻是對日本社會宣稱，男女結婚共組家庭後，只有夫妻的其中一位（反正在日本，大概就是男性吧）在外工作，才是這個國家的「標準家庭」喔！

日語裡「夫婦」的預設值

這裡話題稍微岔開一下，剛才我在網路上隨意瀏覽時，發現了「デフォのラーメン」這個用法。這好像是某家拉麵店所提供的「基本款拉麵」，該拉麵的麵條軟硬度以及湯的濃淡等，都不做客製化調整，而且也不加入任何配料。另外，「デフォ」是「デフォルト」（Default）的簡稱。

原來如此啊……

儘管我不喜歡什麼都要用外來語來表示，但「ふつうのラーメン」（普通的拉麵）這種稱呼，確實可能讓人感到一頭霧水，不知道這「普通」指的是「不是大碗的中碗拉麵」，還是「不是味噌或豚骨，而是醬油拉麵」等，很容易產生誤解。當你想要點一碗「沒有附加任何其他需求的基本款拉麵」時，「デフォ」一詞用起來確實很方便。

事實上在語言學中，也有和上述類似的思考方式。一旦存在著兩種對立的事項時，被貼上標籤產生差異的那一方，稱為「有標」。至於沒有被貼標籤的，則稱為「無標」。簡單來說，普通的即是「無標」，而特別的則是「有標」。由此可知，沒有標籤的普通即是「預設值」。

舉例來說，在幾乎所有的語言之中，「肯定」都是無標，而「否定」則是有標。例如和「飲む」相比，「飲まない」比較長;和「飲める」相比，「飲めない」比較長。另外，「單數」是無標，而「複數」則為有標。與the cat相比，the cats多了s這個字母。從意義上來看，「普通」的事物在形態上較短且單純。至於「特別」的事物，在形態上則較長且複雜。通常當人們要表達「特別」的事物時，都會在普通的形體之上增添些什麼。因此當客人要點一碗「非預設值」的拉麵時，會多說一句「麵硬一點，油脂多一些」。

這樣的影響不只侷限在語言之內。

典型的案例可見於和「性別」有關的地方，例如「女流作家」（女作家）、「女子アナ」（女主播）和「女子マネージャー」（女經理）等。明明社會上不用「男流作家」（男作家）或「男子アナ」（男主播）等稱呼，但對女性卻經常使用有標的稱呼方式。這意味著在語言中，女性是被貼上標籤的，是被特別對待的。

回到原來的話題。

在做制度的說明時，家庭型態的列舉應該要像「片働き夫婦」和「共働き夫婦」這樣，應該同樣都要「有標」才對。就算要以簡稱來表現，也得使用「片働き」和「共働き」才對。若只有其中一方以「無標」來做表示，這等於公開向大眾宣布，它是「普通」的，是「預設值」。至於另一方標示為「有標」的，則是「特別」的，並非標準。

唉！日本政府一邊頌揚家庭的多樣性（Diversity），一邊卻又只把「片働き男女のペア」（單薪家庭男女的配對）視為「標準的夫婦」，我覺得這麼做相當不可取，對國家來說，實在不是件光彩的事。

讓人感到不舒服的「～とすれば」

「末は博士か大臣か」（將來要嘛成為博士，要嘛當總理大臣），對看起來前程似錦的孩子來說，這句（在過去）客套的讚美，博士先姑且不論，總理大臣（以下簡稱總理）就今天的身價而言，恐怕已經暴跌不少了。日本的總理幾乎每個月都會出現不少失言，因此成為新聞關注的焦點。至於總理在面對媒體時的應對方式，只能以不忍卒睹來形容。整體的流程如下：首先總理會先否定，當否定無效時，接著就會強調自己被誤解了。如果還是無法獲得民意的諒解，最後就是道歉。至於道歉時最常聽到的，大概就是以下這句話。

一部の方々を傷つけたとすれば、たいへん遺憾であります。
私のことばが誤解を与えたとしたら、お詫びいたします。

我認為既然政治人物的工作是用語言來使這個社會運作起來，那麼經常說出容易讓人「誤解」的話，那可不行。而且不管是不是誤解，傷害到他人本來就應該感到非常抱歉才對。雖然我想吐槽的地方還有很多，但身為日語老師，讓我最看不下去的，還是「～とすれば」和「～としたら」這兩處，這是日語中表示「假定條件」（仮定条件）的文型，用法如下。

（雖然不清楚是否為事實）但在假設為事實的情況下……

或是

（或許無法實現）但若思考它能實現的話……

由以上可知，說這句話的人想表達的，其實和「雖然我是不覺得有傷害到任何人啦！但是如果有人宣稱自己受到傷害的話，那也是有可能的，真是抱歉啊……」這句話意思是一樣的。

在日本，經常可以聽到有人說「歴史沒有如果」（歴史にifはない）和「說假設性的話沒有意義」（タラレバの話をしても無意味だ）這兩句話。雖然這兩者都是「仮定」（假定、假設），但日語中的「タラレバ」，亦即「〜たら」和「〜ば」這樣的條件句，用法其實不限於「仮定」。事實上條件句有兩種類型，那就是「假定條件」（仮定条件）和「確定條件」（確定条件）。

「寄らば」和「寄れば」的差異

不好意思，這一節我又要請出貓咪來助陣啦！貓是一種喜歡狹窄而且凌亂空間的生物。因此對家裡有養貓的人來說，每到衣服要換季的時候，都得經歷一番勞師動眾才行。飼主們得看準貓咪正在別的房間打盹時趕緊作業，然而經常一個不留神，貓咪已經溜進打開的衣櫃裡了，難道喵星人會瞬間移動不成？此時，飼主只好把貓咪抓出來，一邊處理沾滿貓毛的衣物，一邊無奈地發出嘆息聲，重新展開作業。

不管是整理儲藏室或已經用不到想丟掉的瓦楞紙箱時，只要被貓咪逮到人們沒有注意的空檔，牠們就會往空隙裡鑽（とにかく猫は隙あらばすきまにもぐりこもうと狙っているのです）。貓咪的另一個特性是，只要一閒下來就會睡覺（暇さえあれば寝ています）。因為貓兒的一天就是由「暇」（空閒時間）所組成的，所以牠們每天可都睡得精神飽滿呢！

好啦！不知道讀者們有沒有注意到，在前面的文字敘述裡出現了兩個「～ば」，「隙あらば」和「暇さえあれば」。雖然這兩個句子裡的動詞皆為「ある」，但接在「～ば」之前的動詞活用形卻不同，一個是「あら＋ば」另一個是「あれ＋ば」，「あら」是未然形，「あれ」是已然形。雖然兩者都是「～ば」的條件句，

但「未然形＋ば」為假定條件，而「已然形＋ば」則是確定條件。

「未然形＋ば」…假定條件

（例）猫は隙あらばすきまにもぐりこもうとする。

⇒もし隙を見つけたらそのときは

「已然形＋ば」…確定條件

（例）もう！　暇さえあれば寝てるんだから。

⇒暇があるときはいつも

然而在現代日語中，「未然形＋ば」的用法幾乎已經消失了，不管是「假定」還是「確定」，形成條件句時的活用形，已統一使用「已然形＋ば」。而且，當形態定於一尊之後，想當然，意義的識別也就變得不那麼容易了。使用現代日語來交流溝通的人中，除了少數語感比較敏銳的人之外，已經很難分辨出「假定條件」和「確定條件」的差異了。我想或許有不少讀者也很難清楚分辨出，前面兩個例子的差異吧！這就像有些人在學英語的過程中，在遇到「過去假設」和「過去完成假設」時，就會覺得難以理解的感覺一樣。我認為這種情況和「未然形＋ば」幾乎消失在現代日語中，或許不無關聯性。

其實古老的「未然形＋ば」，有部分仍保存在現代日語中。例如「隙あらば」就是一例，而在一些格言或慣用句等固定化的表現中，也依然保留了兩者的差異。

（假定）寄らば大樹の陰

（確定）女三人寄れば姦（かしま）しい

雖然我覺得在中小企業裡工作比較有趣，而且男人們聚集在一起時也很吵，但姑且先不論這兩句諺語所要傳達的意思是否合宜，至少它們至今仍時常為人們所使用。因為「寄る」是五段活用動詞，所以它的假定形為「寄れば」，但這是在現代日語中的情況。在過去，另外還存在「寄らば」這種形式。所以「寄らば」是「未然形＋ば」，「寄れば」則是「已然形＋ば」。「未然」一詞正如它的字面所示，為「未だ然（しか）らず」之意，而「已然」則為「已（すで）に然り」之意。由此可知，接在否定或假定條件之後的是「未然形」。成為日語老師後我才領悟到，這是相當呼應語意的命名方式呢！

既然「寄らば」是假定條件，而「寄れば」是確定條件，那麼也就能明白上述例子「もし寄りかかるとするなら大きな木がいい」（若要找什麼來靠的話，那就找大樹吧，假定）和「女が三人寄りあつまると、つねにいつだってうるさい」（只要三個女人聚集在一起，不管什麼時候都很吵，確定）的意思了。

日本在過去，存在過兩種形態不同且意思也不一樣的「〜ば」，除了前面舉出的例子外，這裡再和讀者介紹下面幾個對句。請大家一邊閱讀一邊檢視一下，自己是否能分辨出「假定條件」和「確定條件」的差異吧！

（假定）海ゆかば水漬く屍

（確定）旅ゆけば駿河の国に茶の香り

（假定）箱に入るのは、言わば猫の義務だね

（確定）そう言えば猫はどこ？

（假定）待つとし聞かば今帰り来む

（確定）聞けば魚屋のタマが帰って来たそうですな

這裡再加入感覺是時代劇裡會出現的台詞吧！

（假定）ならばおぬしが行くか？

（確定）なればこそ、ここはお控えくだされ！

雖然除了前面這幾個例子之外，我找不出其他相同動詞的對句了，但像以下這兩個句子是現在依然健在的「未然形＋ば」喔！

（假定）毒を食らわば皿まで

（假定）死なばもろとも

誤解を招いた（とした）ら

正如上一節所說的，在現代日語中，「未然形＋ば」除了保存在部分諺語裡，基本上算是已經消失了。雖然它的作用被統一在「已然型＋ば」之下，但就語意來看，倒是完整地得到保留。儘管日語母語人士不容易察覺到箇中的差異，但還能從是否有「もしも」、「仮に」等副詞，來判斷句子的意思為「假定」還是「確定」，所以並不會造成理解上的困難。但對於學習日語的外國人士來說，在他們的母語裡，或許依然存在像過去的日語那樣，能清楚區分假定和確定這兩種表現形式。對這樣的學習者來說，如果日語教師一不小心把兩種「〜ば」混在一起作為例文來使用的話，可能會造成學生們的混亂。

因此為了不讓這種事情發生，日語教師無不想方設法來迴避。

此外，日語的條件句除了「〜ば」之外，基礎的句法表現還有「〜と」和「〜

たら」。許多日語教師稱這幾種語法為「トバタラ」，而且對其戒慎恐懼（至少我是如此），因為日語學習者經常針對這類語法，拋出許多不容易回答的問題。前面和後面的句子，主語是否相同？時間關係（継起性）為何？正因許多複雜的元素都摻雜在一起，所以在使用上有許多需要精準拿捏的地方。然而，卻又有很多時候出現ト、バ、タラ都能說得通的情形，因此在上到這類語法時，想要維持學生們的學習熱度也著實不易。

我自己在教「〜ば」的時候會從假定條件入手，也就是以「為了實現後面的事項所需要的條件」為中心，來做介紹。例如像這個例句「（もし）おいしいものをくれれば乗る（けど、くれなければ乗らない）」（如果給我好吃的東西，我就坐到膝蓋上，不然就拉倒），很像我家那隻不喜歡坐到主人膝蓋上的灰色虎斑貓會想出來的交換條件吧！由此也可知，典型會使用到「〜ば」的問句，需要把疑問詞置於句子前方，例如「どうすればいいですか？」，這是在詢問要實現某件事情時該做些什麼，會用到的問句。

與「～ば」相對的是「～と」，後者適合用來表示確定條件，也就是一般性的原則和習慣的行為。例如「春になるとソワソワする」、「しっぽをつかむと怒る」、「朝起きるとまずご飯の催促」等。由此可知在「～と」的問句中，疑問詞通常會接在句子後方，例如「～すると、どうなりますか？」。這樣的表現經常用於詢問，在一定的條件之下，會得出怎麼樣的結果。

然而在現實中，日語教師得遵守不同教育機構所使用的教科書，以及課程設計的指導方針才行。有關「トバタラ」的教法，也會受到「導入順序」的影響。另外，無論老師們多麼謹慎地準備教案，也無法阻止學生把從教室外得到的資訊（也就是「活生生的日語」）帶進課堂。上課時只要有一位學生提出具有爆炸性的問題，就有可能動搖教師們事前準備好的教案。因此日語教師們總是戰戰兢兢地面對學習者的提問。其實回想過去，當我還是國中生時，在學習英語的假設法時，自己也聽得不知其所以然，彷彿身處五里迷霧之中。我想，或許這和自己當時也沒搞清楚母語日語中的假定表現有關吧！

值得一提的是，關西方言好像特別喜歡「～たら」。關東地區的「行けばいいじゃないか」（能去的話就太好了），用關西方言來表達好像是「行ったらええやん」。當我被學生的問題逼到走投無路的時候，心裡頭也會吶喊「もう全部タラでいてまえ～」（乾脆全部都使用タラ就好啦）。

但這裡要請讀者們特別注意，「～たら」和「～としたら」以及「～ば」和「～とすれば」的意思並不相同。雖然「～たら」和（現代日語的）「～ば」，可以解釋為假定或確定，但「～としたら」和「～とすれば」則為純粹的假定條件，兩者的作用和過去日語中的「未然形＋ば」是一樣的。

因此，（如前面篇章的例子）當自己所說的話很明顯地已經傷害到其他人，或自己所說的話會遭到他人誤解，像這樣屬於既定事實的情況下，說話者不應該

說出「傷つけたとすれば」、「誤解を招いたとしたら」這種話。面對這種情況時，「正確的日語」表現應該是「傷つけてごめんなさい」、「誤解を招く言い方をしてすみません」。另外我認為，義正詞嚴地發表容易讓人產生誤會的話，這又是另一個（大）問題了。

気になってございます

我從六年前開始學習手語。手語和日語等聲音語言不一樣，擁有獨特的魅力，而且相當有意思。我持續努力學習手語一段時間後，於兩年前通過了故鄉的「手話通譯者登錄認定試驗」。雖然我已經學手語六年了，但實際練習的時間也不過一個星期一次，一次兩個小時而已。因為就技術層面上來說還不夠成熟，所以在登錄之後，還參加了不少研修和學習課程，可以說是邊做邊學。另外，雖然當新手翻譯者上場時，現場一定會有資深的翻譯者前輩陪同並提供支援，但只要想到聽障人士的資訊取得，有賴於自己的表現（透過這雙笨拙的手）時，每一次輪到我上場的當下，還是會緊張到手腳發抖。

另外，日本社會中其實還有「手話通譯『士』」，這是一種不論在技巧或經驗上，都和我不在同一個量級上的專家。但到目前為止，「手話通譯士」仍然沒有納入日本的國家資格中。和日語教師所面臨的情況一樣，手語翻譯這個職業若能早點「正名」並提供穩定的報酬，我想一定會有許多青年才俊願意投身這個行業。

這裡就不針對上述內容繼續深入了。話說我利用正職工作之餘，開始接下一些手語翻譯的工作來做之後，前往政府機關或相關單位的機會增加不少。那些場所，都是和我過去的生活毫無連結的地方自治體所舉辦的活動或〇〇祭等。說來有點不好意思，我第一次去旁聽議會，也是因為接下了手語翻譯的工作。我在手語翻譯工作的場合中，經常能聽到一些會讓日語教師抓狂的語言表現，例如以下的「～てございます」就是其中一例。

その件につきましては、ただいま担当部署にて検討してございます。
この試みは、今後の発展に大いに寄与するものと考えてございます。
このような場にお招きいただき、たいへん光栄に存じてございます。

這幾個句子，聽了真令人感到不舒服啊！

雖說語言沒有規則手冊，大家也都認為日語的母語人士，或我本人，本身就是規則的展現。但「敬語」是在日語中，受到強力規範的一個部分，怎能不遵循敬語的規則而自行「自然變化」？它的上頭從一開始就該罩上一層名為規則的大網。使用者在網內對內容進行理解，然後遵循一定的規則來使用，這樣才符合禮儀。敬語的世界就該如此。

我相信會經常講「～てございます」這種話，讓聽者有不舒服感覺的人，其實心裡盤算的，應該也是想把話說得「得體」又有「有禮貌」吧！如果真是這樣的話，這裡我想來談一下有關語言規範的事情。

在現代日語中，「～てございます」是「～てあります」的「丁寧語」。那麼讓我們把前面那三句話卸妝之後，得到的素顏應該長這樣。

（その件については、いま担当部署で）検討しています。
（この試みは、今後の発展に大いに寄与するものと）考えています。
（このような場に招いてもらい、たいへん光栄に）思っています。

原來的樣子，全部都是「ています」，而非「～てあります」。因此，這三個句子的敬語不能使用「てございます」才對。就算想使用「います」的敬語，因為句子的主語是「私」，所以能用的也應該是敬語中的「謙讓語」。至於「います」所對應的謙讓語為「おります」，所以正確的句子應該如下：

その件につきましては、ただいま担当部署にて検討しております。
この試みは、今後の発展に大いに寄与するものと考えております。
このような場にお招きいただき、たいへん光栄に存じております。

想必各位讀者在看過說明之後，應該都能同意我的解釋吧！但現實中，還是存在著像下面這樣，語意有些「微妙」的句子。

あちらに軽食をご用意してございます。
資料はお手元にお配りしてございます。

其實這兩個句子並不能說有錯，但如果從「私（ども）が用意した／配った」來理解的話，「～ております」才是正確的表現方式。然而如果從「すでに用意してある／配ってある」這個角度來理解的話，「～てございます」當然沒有問題。

但本節最初提到的三個句子，似乎並無法以上一段這兩個句子的方式來做理解。就算從文意上來看，「今検討している／考えている／存じている」都是正在進行中的事情，並不符合「すでに～てある」的語意。

正如我一開始提到的，在和政府機構有關的地方，經常能聽到這種令人不舒服的「～てございます」。而且這個現象不只出現在我居住的小地方，就連國會裡的攻防論戰中，也隨時能耳聞。很有可能，這個現象目前已經蔓延到一般企業之中了，關於這一點有待讀者們來做進一步的觀察。關於這件事目前能確定的大概只有，「～てございます」這個表現有些「官腔官調」，而且使用者又以中年男性居多（或許這和官員們絕大多數為中年男性有關）而已。各位歐吉桑，請不要再做些奇怪的事情了，好嗎？

不過前面提到的有關「正確／不正確」的論戰，基本上範圍只侷限在現代日語中的標準語之內。在方言中我們可以看到，也有使用「〜てござる」來表示「〜ていらっしゃる」（「〜ている」的尊敬語）的例子。事實上，在我的母方言「高山方言」中就是這樣。例如「本家のじさまが手酌で飲んでござる。あんた早う行ってお酌せんと」（本家的老爺子都自己喝起來了，還不趕快去幫他倒酒）和「今、何や考えてござるで、邪魔せんのやえ」（正在想事情，不要打擾我）；反之，在高山方言中，「ござる」就沒有「〜てある」的意思了。

但標準語和方言不同。如果和政府機構有關的人士，有心想把話說得有禮貌的話，就不能在語言的表達上怠慢。我認為應該要嚴格區分「〜ております」和「〜てございます」，兩者在使用上的差異才行。

第 6 章

打開日語教室的那扇窗

日語老師和日本的國語老師有什麼不一樣呢？我想應該有很多人不清楚兩者之間的差異吧！簡單來說，日語老師教授的對象是完全不懂日語的人，而國語老師的學生則是日文已經很流利的人。對長年從事日語教師的我來說，國語老師在面對日文很流利的人時，到底還有什麼好教的呢？這反而是令我感到不可思議的事情。本書的最後一章，我想向各位讀者介紹一下，日語老師在日語教室裡每天的日常。

and、と、そして

請大家想一下，在日語裡，當我們要並列兩種物品並做陳述的時候，是怎麼說的呢?例如，我家有兩隻貓咪，灰色的虎斑貓名字叫「ウリ」，黑色的玳瑁貓名字叫「グリコ」。如果想要將兩個名字並列在一起介紹的話，就會變成「ウリとグリコ」。當然像「グリコとウリ」這樣，順序顛倒過來也沒關係，但這兩個名字中間一定要夾著助詞「と」才行。讀到這裡可能有人會覺得，這件事為什麼要這麼小題大做來講?那麼，如果是以下這則例子，大家是否能夠說明為何會變成這樣呢?

ウリちゃんは小さいと灰色とかわいいです。

我在課堂上一年到頭都會提起我家的貓咪，不論是牠們滑倒或跌倒了，都能拿來當做話題，而且我所製作的教材裡也經常出現和貓咪有關的例文，真的是只要一逮到機會，就要曬一下我家貓咪的照片才行。因此學生好像為了讓老師開心（不對，或許有一半是出於無奈），很會配合我，在造句的作業裡，不時會加入一些貓咪的元素進去，而且作業裡頭就出現了像前面這樣的例子。讀者們是否能理解這位留學生想要表達的意思呢？

是的。ウリすけ是「小さい」、「灰色だ」，然後很「かわいい」，這位學生應該是想這麼誇獎我家的貓吧！（真是一位好學生）當要表達「ウリ&グリコ」的時候中間會夾著「と」。那麼「小さいと灰色」、「灰色とかわいい」這樣不也說得通嗎？

真可惜，這是不正確的。「ウリ」和「グリコ」都是名詞，兩個名詞要並列的時候，中間只要加入「と」就可以了，但若要並列形容詞的時候，就必須改變形容詞的形式。イ形容詞（＝日本國語文法的「形容詞」）的「小さい」得把「～い」改成「～くて」才行。

× ウリは小さいと灰色です。

◯ ウリは小さくて灰色です。

另一方面「灰色」是名詞。像「灰色と黒（のしましま）」這樣，如果只是並列顏色名稱的話，的確可以使用「と」。但是像「ウリは灰色である。そして～」這樣，想要當作述語使用時，必須要改成「灰色で～」才行。

× ウリは灰色とかわいいです。

◯ ウリは灰色でかわいいです。

從以日語為母語的人來看，可能會很驚訝，竟然有人會在這麼簡單的地方出錯，但如果換成英語的話，前面的例文全部只要用 and 一個字來連結就可以了。and ＝と，學習者會這麼連想也不是沒有道理。

此外在動詞並列時，如果也套用 and 的邏輯，就會變成怪怪的日語，所以最後仍須改變其形態才行。

× ワインを飲むと寝ましょう。
◯ ワインを飲んで寝ましょう。

「飲む」後面加上「寝る」，像這樣想把兩種行為依時間順序排列的話，前面的動詞必須改成「テ形」。所謂的テ形是指「～て／～で」這樣的活用形，如果用日本國語文法來說明，則是「連用形＋て／で」。此外，不管時間順序，只是要列舉兩種行為當成例子並列時，「て／で」要換成「たり／だり」接在動詞後方。

× みんなで飲むと踊りました。

○ みんなで飲んだり踊ったりしました。

如何呢？日語是不是出乎意料地麻煩啊？

特別像是以下這類詞彙接續的例子「小さいとかわいい」、「飲むと寝る」，剛剛好和「（もうちょっと）小さいとかわいい（んだけどな）」以及「飲むと（眠くなる）」等條件句發音相同。這很容易造成某些不熟悉日語學習者慣用的日語表現的人，誤解發言者想表達的意思。例如聽到「飲むと踊りました」時，可能會將這句話解讀為「飲むと踊りたくなる」（喝了酒就想跳舞）或「飲んだら踊りだした」（喝了酒後，開始跳起舞來了）一樣。

當學生們犯錯時，如果日語老師沒有掌握學生已經學到了哪些文法和文型，不清楚他們在各個階段容易犯什麼樣的錯誤，那麼就很難正確地推測出學生想要表達的意思，也無法為他們指引出一條「正確」的道路。即使老師能替學生修正文法的使用方式，結果反而可能誤解了他們原本想要表達的意思，或者在文中，加入了尚未學習過的文法。如此一來不但對學生的成長沒有幫助，反而會讓他陷入混亂之中。

所以每當碰到文法上的錯誤時，日語老師要先去理解學習者的意圖，推測其出錯的原因，思考怎麼修正比較合適，還有如何做說明才能讓學生易於理解。很多時候，日語老師得在很短的時間內做出以上這些判斷。假如是批改已經寫好的文章，那麼還有時間可以慢慢地思考和推敲。但若是在和學生對話時，腦袋就必須高速運轉起來才能應付。當然，批改寫好的東西時，因為作者不在現場，無法直接確認學生想表達的意圖，所以還是有處理上的難處。加上在對話時，也不是一發現錯誤就要立刻糾正，而是要看情況，思考是否有打斷正在進行的對話的必要，還是先睜一隻眼閉一隻眼，以談話的流暢度為先。

走筆至此，我真心覺得日語老師們（其實不只是日語老師，而是所有教授語言的老師）的工作內容，還真是有挑戰性啊！想到這裡，讓我的心情再次雀躍起來，覺得日語老師這一行，還真有意思。

大錯特錯呢！

學習者的日語中出現錯誤，本來就是理所當然的事情。雖然雞蛋裡挑骨頭或嘲笑別人的錯誤是很沒品的行為，但是在學習者的日語中，時常會出現極具魅力的「口誤」和「筆誤」，讓日語老師們在休息室休息時，會忍不住想拿出來彼此分享。接下來我要介紹一件充滿魅力的「作品」。因為這件作品已徵得作者的同意，所以就在這公開了。

「～と思ったら大間違いだ」（以為～的話可是大錯特錯），這是在某些特定場合裡，經常使用的一種約定成俗的說法。對日語母語者來說應該不用多做說明了，但這句話中有很多地方其實被省略了，因此還是來解說一下吧！

「～と思ったら」的「たら」在這個文形中為假定條件。作為引用的「と」有時候會以「なんて」來代替，變成「～なんて思ったら」；「大間違い」則是指出「思う」的內容是錯誤的。在大多數情況下，「思う」的主語是第二人稱，指的是您、你，或是這傢伙等，聽這句話的人。「キミは～と思うかもしれないが、それはとんだ見当違いだぞ！」（你或許覺得是～，但那完全是誤解！）的意思。

以下是例句。

このままで済むと思ったら大間違いだ。覚えてろ!

這句話是「このままで済むと思うなよ」(別以為這樣就沒事了)的意思,很適合拿來當吵架時的台詞。下面再舉一個例子。

猫との暮らしはバラ色だなんて思ったら大間違いですよ。

這個例句是給正在考慮要不要養貓的人的忠告。貓咪可是會弄壞東西,妨礙你的睡眠和工作的喔!如果你已經打定主意要和貓咪一起過生活的話,最好先做好心理準備。

對了,我在二〇一七年的夏天時,從新聞報導發現了一則不錯的例句。內容提到,在某個地方選舉的競選演說時,某位執政黨的國會議員做了以下的發言。

私らを落とすなら、落としてみろって。マスコミの人だけが選挙を左右するなんて思ったら大間違いですよ。

當時這位議員好像對老愛「挑政治人物語病」的媒體相當反感。他想表達的似乎是媒體總是把他們「誤解を招きかねない」（容易招來誤解）的發言，拿來大做文章，真是太不像話了。這真是精采的例子啊！總而言之「大間違いだ」是用來全面否定對方不確實的預期，或是責備對方自以為是的想法時，所會使用到的慣用表現。

那麼，接下來是留學生J同學在文法班的造句作業裡所繳交的例句。

そこまでやってもらえると思ったら、お間違いだ。僕は友達の秘密を言うもんか。

其實這個作業的主題文型是「～もんか」（才不會～），它的意思是「絶対に～しない」（絕對不做～）。在J同學的句子後，彷彿上演著驚心動魄的連續劇，裡頭會出現愛德華．史諾登（Edward Snowde）、FBI以及司法交易等人事物，讓人產生聯想。不過要說這裡面最有趣的地方，還是在「お間違いだ」，而且「オマチガイ」並非「お門違い」。考慮到這有可能是源自漢字所造成的誤用，為了慎重起見，我向J同學本人確認了一下，確定當時J同學的確不知道「オカドチガイ」這個表現。

哎呀！那麼他寫的這個「お間違い」到底是從哪蹦出來的呢？

原來，在小栗左多里所著的《達令是外國人》這本漫畫中，小栗的另一半是匈牙利和義大利的混血兒，他在美國接受教育，是一位日語超級流利的語言學御宅族。這位先生注意到很多日語中有趣的地方，時常讓小栗感到很新鮮。根據他的觀察，大部分的日本人在說「大岡越前」的時候，本來應該要發三個「お」的音，

但實際上，卻只有發大約2.2個「お」而已。嗯……好像確實是「おーぉかえちぜん」啊！那麼，如果同樣以較為強硬的口吻說出「大間違いだ！」時，「おお」可能聽起來也會變得較為簡短。把正確的「大間違い」聽成「お間違い」，或許可以說，J同學的耳朵正確地捕捉到了這個細節。

當然還有另一種可能是，J同學確實掌握住，日語中在譴責或是諷刺對方時，會故意用「お／ご」等敬語來表現的特徵，例如「余計なお世話だ」（真是多管閒事）」或「ふん、ご立派な趣味ですこと」（哼！還真是了不起的興趣呢）。正因如此他才會在「間違い」的前面加上了「お」也說不定。

無論如何，J同學是一個上課不曾遲到或缺席，總是會問好問題的學生，感謝J同學提出這則有趣的例句。

那麼再回到前面提到的選舉競選演說吧！這位政治人物所說的話真的很有道理呢！如果以為只有媒體可以左右選舉結果的話，那可是大錯特錯呢（お間違いだぜ）！因為能夠影響選舉結果的，應該是我們選民才對。

真是無話可說

某日，總是待在桌子旁邊監視主人工作的貓咪，把下巴放在攤開的國語字典上睡得香甜。雖然我覺得有點礙事，但瞧了瞧牠的鼻子所擱著的那一頁的內容，卻忍不住笑了出來。

くちまかせ、くちまね、くちもと、くちやかましい、くちやくそく、ぐちゃぐちゃ、くちゅう、くちゅう、くちょう、ぐちょく……

字典裡的單字只是按照五十音的順序排列。這個排列照理說是沒有任何意義的，但是像「口やかましい人を相手に口任せに口約束しちゃったもんだから、ぐちゃぐちゃの事態になって苦衷の口調で言い訳を考えているひと……に駆虫剤を飲ませたら、ますます大変なことになり……」（與碎嘴的傢伙信口開河做了口頭約定，情況變得亂七八糟，滿懷苦衷的口氣想著如何辯解的人……喝了殺蟲劑，結果事情變得更大條……）這種莫名其妙的內容，不知為何如走馬燈般在我腦海中浮現出來。看來，字典還真適合用來打發時間呢！

暫且不論上述的內容，那一頁裡的「ぐちょく＝愚直」這個單字，我之前一直將其唸作「ぐうちょく」，身為日語老師真是感到汗顏啊！

在世界吹起民粹主義的風潮時，像「衆愚政治」這種專業語彙，也進入到庶民的日常生活之中。我不常看電視，所以只看過以文字呈現的「衆愚政治」這四個字。記得那是有一天自己在收聽廣播節目時，聽到有一位說話口吻很像政治學者的人，頻繁地講著「しゅーぐせーじ」這個字。

疑……這個人的發音不對呀？應該是「しゅーぐーせーじ」才對吧！當我心裡這麼想的時候，沒想到，節目主持人居然也用同樣的發音來和來賓對談。我覺

得不太對勁，所以就翻開字典查了一下，結果「衆愚」的正確發音原來是「しゅうぐ」。

天啊……

我趕緊再查了一下和「愚」相關的其他單字，才發現到，原來包括前述的「愚直」，也要唸做「ぐちょく」才正確。

唉！我一直都發成「ぐうちょく」的音……

這麼害羞的錯誤一直沒有被揪出來，純粹是因為這些單字的使用頻率很低而已。因此就算我在腦海中讀錯了，由於幾乎沒有說出口的機會，也才沒有發生「嘿！你不是日語老師嗎？怎麼會……」這種被嘲笑的窘境。

呼……真是好險。

藉由文字所認識的詞彙，或經常只用眼睛閱讀的單字，真的需要特別注意、警惕。話說我一年之中會有幾次到日本點字圖書館，擔任面對面的朗讀義工。這份工作是由失明的人帶著想閱讀的書籍，來到一個小房間內，坐在義工對面，由義工為其朗讀書籍內容的服務；正式名稱是「現場專門朗讀服務」（専門対面リーディングサービス）。雖然他們會依照登記的義工擅長的領域來分配工作，但由於我是日語老師，好像就變成只要是用日語寫成的任何文本都可以，結果使用者就帶了各式各樣的書籍和資料過來。

其實，要把第一次看到的內容立刻朗讀出來，真的會讓人冒冷汗，而且唸錯專業用語，說真的還不至於會感到不好意思。有時候帶資料過來的使用者，就是該資料領域的專家，所以可以直接向他們請教。

比較令人困擾的，其實是看起來並不特別的「普通單字」。雖說是普通單字，但有些卻是「疑……我好像沒有發出聲音來唸過啊」的單字，而且遇到的頻率還不低。明明意思和用法都很清楚，卻沒辦法立刻想起讀音，這時就會變成停頓幾秒，出現拚命想要唸出這個字來的窘境。記得我上一次是在「興行」這個字上栽

了跟頭。腦海中浮現出キョーギョー、コーギョー、コーコー、コーギョー等讀法，但到底哪一個才正確啊？當時，我彷彿走在一條細細的鋼索上。

另一個令人臉紅的錯誤，在拙著《辞書のすきま すきまの言葉》一書中也有提到，過去我一直把「女王」誤唸為「じょうおう」。不管是伊麗莎白女王、〇〇七女王密使、女王蜂、叫我女王！等，只要是「女王」，我全部都發成「ジョーオー」。直到當了日語老師，有一次我在為初級班的漢字課備課時才發現，原來「女王」不是「じょうおう」，正確的發音是「じょおう」才對，當時我真的是驚呆了。

但這和「衆愚」的情形不同，我曾在人前說過「女王」一詞，卻從來沒有人嘲笑過我的發音。令我感到比較困擾的是，直到現在我聽到人們發「女王」這個詞時，聽起來仍像是「ジョーオー」。另外我想說，日語輸入法實在太親切了，就算我打的是錯的「じょうおう」，系統也會幫我將其轉換成漢字的「女王」，因此讓我更不容易察覺到自己的錯誤。

提到日語輸入法，我想有些人應該聽過以下我要提的這個著名的案例，真不知道該說是親切，還是人們對於錯誤太過寬容。最近「雰囲気」（ふんいき）這個字，有越來越多的人將其發成「ふいんき」，因此據說有些輸入法軟體為了配合這個趨勢，就算使用者輸入「ふいんき」，也會將其轉換成「雰囲気」。

不過，我還是覺得有點不可思議，若把「女王」一詞反過來變「王女」來唸「女」，我明明一直都有意識到要唸成「じょ」，而且發音時也確實都發短音；在面對「女性、女傑、彼女、淑女」這幾個字時也是如此。

但為什麼只有「女王」會弄錯唸法呢？

當然有部分原因應該是受到「王」的「お」所影響，但這並不能當成是相信「漢字讀音」就是「じょう」的理由，真是不可思議啊！「女」是日本人在小學一年級時就會學到的漢字，應該很少有人會在長大後，為了這個字還重新去翻辭典的吧！若非從事日語老師這個行業，我可能一輩子都不會發現，這個字的發音問題。

回到前面提到的「衆愚、愚直」，關於我一直相信這裡的「愚」是唸「ぐう」這件事，好像也不是沒有辦法說明。雖然重複提起這件事，感覺像是在傷口上灑鹽，但還是想在這裡和大家做個分享。

大家是否聽過一種名為「形聲」的漢字造字方法呢？它是藉由把負責意思的部分（＝形）和負責發音的部分（＝聲）組合在一起，然後創造新的漢字。例如「青」有セイ這樣的發音，如果和意味著「水」的三點水組合起來就會變成「清」，和「日」組合起來就會變成漢字「晴」。然而不管是「清」還是「晴」，日語音讀時都同樣是讀セイ，例如「清流、晴天」。

於是乎，和「愚」擁有相同部首的「偶、遇、寓」這些字，也發グウ的音，例如「偶然、偶数」，「境遇、奇遇」，「寓居、仮寓」，全部都讀成グウ。所以啦！我就名正言順地把「衆愚，愚直」也讀做グウ囉！想來就是這麼一回事。

儘管我如此自圓其說，但「愚息、愚痴、愚考、愚図、愚連隊」這些單字中的「愚」，我卻沒有發錯音，將他們都念成「ぐ」。另一方面，除了「衆愚、愚直」以外，「暗愚、大愚」中的「愚」，我也將其讀成「ぐう」。我真想問問自己，「造成這種錯誤的邏輯到底是什麼啊！」如果有人說「要錯至少也要錯的有道理」的話，那我還就真的無話可說了。雖然我心中的傷口至今尚未癒合，但至少得到了教訓。

果然，閱讀時要唸出聲音，是很重要的喔！

聰明的說話方式

以前我曾和擔任公公的護理人員通過電話。雖然我和該護理人員的第一次溝通就是透過電話，但對方竟然能迅速掌握住我知道什麼和不知道什麼，把自己調整到最佳的「難易度」來和我進行溝通。多虧了他，只透過電話中的交談，我就能把許多要傳達的內容整理好，轉達給丈夫知道。

我覺得那位護理人員真是個聰明人啊！

只要是有接觸過日本的「看護保險制度」的人，應該都能深刻體會到，那可真是煩瑣複雜啊！不論是看護認定的辦理手續、誰擁有做什麼的決定權、特別療養院、看護老人保健設施，高齡者服務住宅、多功能小規模什麼的……如果不清楚各種設施的特徵和規定，有時根本就不知道該從何談起。所以護理人員在面對什麼都不知道的對象時，需要從頭開始依序來做說明才行。

不知道是幸還是不幸，幾年前我在母親需要接受照護時，曾拚命學習過相關的制度，所以擁有一定程度的預備知識。對於像我這樣的人來說，護理人員與其用模糊簡單的用語，還不如使用有明確定義的用語來交談，反而可以溝通得更為流暢，且不至於產生誤會。

這種「根據對方的知識量來進行交談的技術」，或許比能正確地使用敬語更為重要。對於那些面對外行和非專業的人時，總是得意洋洋的賣弄業界用語或專門用語的人，這樣說或許有些失禮，但我覺得他們真是「愚笨」啊！而且話講到最後還會使人感到不耐煩，很想直接嗆他們「我就是因為不懂才要問你啊！」

相反的，都已經說過我知道哪些事情了，卻還要從初級「簡單的用語」按部就班來做說明的人，也同樣會讓我覺得，真「愚笨」。「簡單的用語」往往包含了兩種或更多種的意義在內，有時反而會讓說明變得難以理解，甚至產生誤會。

我相信「根據對方的知識量來進行交談的技術」，可以適用於政府機關的辦事窗口、家電賣場的店員、電腦諮詢服務、手機店、教授傳統技藝的師傅和〇〇體驗講座講師等人或領域中。

我口中的「聰明／愚笨」，所指的並非是智商高低或學力偏差值的分數，而是能夠藉由對話的細節，來掂量出對方腦中知識儲備的能力。這種能力或許也可稱之為「感受力」或「品味」。

當然，情況換到日語教室中也是一樣的。

某天下課後，有位留學生問了我有關日語文型的問題。因為是常見的疑問，所以我就簡單地做了說明。但在我觀察到學生臉上依然有些困惑時，就試著改變用語再做一次說明，可是他困惑的表情依舊沒改變。

提問者是高級班的學生，他的語感敏銳，平日在語彙的選擇使用上也很精準，幾乎沒有文法上的錯誤。但當我問他「まだ何か引っかかりますか？」（還有什麼地方卡著嗎？）時，（這位同學的日語程度，可以理解「引っかかる」的意思）得到的回答竟然是「老師……辭書形是什麼啊？」。

什麼！

日語老師在對留學生（成人的日語學習者）說明文法時，通常使用「文法用語」，會比較容易達成共識。所以當時我自然也以這種方式和他互動。本書第59

頁和106頁中也有提到，「辭書形」是日本國語文法的「終止形」，「辭書形」是日語初級班在早期的階段就會上到的內容。這是許多日語教育機構也都使用的專門用語。因此我萬萬沒有想到，竟然有日語學習者會不知道「辭書形」是什麼。

我手忙腳亂地和這位學生做了簡單的確認後才知道，原來他直到五歲為止都待在日本。雖然能稱之為母語的是其他語言，但日語也算是他（不通過學習）自然就會的語言。換句話說，他和日語母語者的差異不大。即使他不知道文法用語，但還是能說得一口好日語。

因為鐘點老師不會拿到詳細的學生資料，加上班級一開始的自我介紹時，該名學生也沒有提到自己的出身背景，所以我完全沒預料到，竟然有留學生會不知道什麼是「辭書形」。確實，經他這麼一說明後我才發現，這位學生的發音非常漂亮，應該說幾乎就是母語者的發音。沒察覺到他所遇到的問題，只能說是自己太粗心了。我的疏忽造成這件蠢事；我的行為，根本就是面對一位不知道文法用語（而且也不必知道）的人，得意洋洋地耍弄著專業術語，做出令他難以理解的說明。

唉！真是……

「根據對話的細節來推測對方的知識量」真的很重要，然而實際上卻不容易做到。話雖如此，有沒有意識到這件事，還是會影響到最後所造成的結果。以上是我經過深切反思後，所寫下的自我警惕文。

成為日語老師的方法

成為日語老師的方法，可分為以下幾種不同的方式。

①在大學或研究所選修日本語教育科目取得學分。

②修完四百二十小時以上，經由日本文化廳認證的養成講座研修。

③總而言之先當了再說吧！

④通過日語教育能力檢定試驗。

我屬於第三種，先當了再說吧！大學畢業後，我曾進入製作英語學習參考書籍的小型出版社任職，由於工作過於繁忙，加上心裡一直有此處非我容身之處的感覺，讓我受不了該職場的環境，早早就捲鋪蓋走人了。後來經由一位前輩幫忙牽線，我得到一個在小型研究所的研究室擔任助理的職務，之後自己就這麼順水推舟地去報到啦！沒想到，那裡居然是個薪水不錯，卻又閒閒無事，宛如天堂般的職場。但在這種奢侈的甜蜜生活中，我卻感到「好像有什麼不太對勁的地方」，於是開始嘗試各式各樣的事情（這部分真的是說來話長，所以就先省略了），結果迷上了泰式料理。

那時泰式料理還沒有像現在這麼受歡迎，很多日本人連香菜（パクチー）是什麼都還不知道呢！當時我認為要了解泰式料理，就應該先從該國的語言下手，所以開始學習泰語。後來我的泰語老師邀請我，有空時不妨到國際協力事業團體（現在更名為「國際協力機構 JICA」）的研修中心看看。

這個研修中心裡，聚集了許多來自發展中國家的青年才俊，他們在此接受各種技術和政治事務的研習課程。此處還設有日常會話程度的日語課程，我的泰語老師在該機構負責口譯的工作，他介紹我去擔任夜間日語班的講師。或許是因為他知道我擁有英語的教師執照，所以才認為我可以勝任吧！正是在這個研修中心，我第一次接觸到了日語教育。

去該中心參觀的那天晚上所發生的事情，我直到現在依然歷歷在目。日語課堂中使用的課本是 A6 尺寸的藍色小冊子。我本來預計只是參觀而已，沒想到課堂的女性講師卻突然脫口說「妳來試試看吧！」於是我驚慌失措地站上講台，把被指定到的那兩頁，用「請跟著我一起唸」的反覆練習帶過去。那個當下，時間彷彿凍結住了，如永恆般漫長。不過現在回想起來，其實可能連十分鐘都還不到。之後因為也不知道該做什麼，所以我只能呆呆地站在原地。最後還是講師一邊嘆氣，一邊把我從尷尬的情境中救了出來。

即便我的表現不佳，也或許是因為中心的人手嚴重不足，在沒經過什麼像樣的訓練後，我就被該中心錄取了，開始每個星期的幾天，要去那裡教授日語。不管把標準降得多低，我都覺得當時的自己真的是很不稱職的老師。不過因為我和研修生們的年齡相近，結果反而誤打誤撞形成了學習者和老師「共同創作課程」的現象，一種從某個角度來看，還算滿理想的班級經營方式。雖然每次上課我都顯得有些手忙腳亂，但課堂上還是挺開心的。因為這些學生們算是代表他們國家來到日本的精英，所以就算面對像我這麼菜的老師時，依然能用成熟的態度來與我相處，真是太感謝他們了。

像我這樣趕鴨子上架成為日語老師的人，說起話來可能沒什麼說服力，但我必須告訴大家，日語老師這份工作，還真的不是只要會說日語就能幹的活。我也是在實際當上了日語老師之後，才後知後覺地發現，自己有許多不足之處。之後趁著正職工作的空檔，我參加了各種講座和研修，雖然付出了許多金錢和時間，但仍深感不足，最後甚至還進入研究所深造。結果，因為很難同時兼顧那宛如天堂般的正職工作，於是我毅然地告別了天堂，下定決心要以日語教學為志業。從那之後到如今已過花甲之年，我一直以日語老師作為自己唯一的工作。

日語老師這份工作似乎很適合我的個性，那些曾經困擾自己的「總覺得有什麼不對勁」的感覺，在工作中不知不覺的消失了。當然或許這還和我覺得日語變有趣了有關。我能夠發現到日語有意思的地方，其實得感謝那些有緣和自己相遇的外國學習者。如果沒有他們出現那些母語人士絕不會犯的奇妙錯誤，或是那些總是可以從不可思議的角度出發所提出的問題，缺少了這些「外部的視角」，我大概無法僅靠自己的力量，挖掘出日語的魅力吧！

雖然現在就做人生的總結可能還稍嫌過早，但發現母語迷人的地方，而且還可以把最喜歡的日語當成「飯碗」，仔细想想我的人生還真是幸福啊！當初偶然走上的這條路，帶我步上了快樂的人生，真是感激不盡。

日語教育能力檢定試驗

不過對於接下來想要成為日語老師的人，我真的感到很抱歉，因為「先當了再說」這條路，現在幾乎是行不通了。得請有志者好好累積知識，做好萬全的準備，從正面來應戰才行。

如果可以透過前面提到的①或②取得日語教師的資格當然最好，不過兩種方式都需要花費較長的時間和金錢才能完成。難度低一點的方法是④通過日語教育能力檢定試驗（以下簡稱「檢定」）。但這並不是說，沒有通過檢定的人，就沒辦法當日語老師。像我直到現在也從沒考過檢定（儘管如此，竟然還能在教師養成講座等的檢定對策班教課，真的非常抱歉）。不過現在很多日語學校的教師採用條件中，就算沒有要求①或②，但是④幾乎一定會被列入。適合報考這個「檢定」的對象包括：沒有能力去上大學（研究所）或報名參加長期研修，但仍想成為日語老師的人，想要在地方上的日語教室等機構中，擔任教授日語的義工需要了解某些日語教育知識的人，以及認真考慮想以日語老師為職業的人。

「檢定」的應考機會每年一次，會在十月時舉行。截至目前為止，考場只設在日本國內的七個主要城市。考試內容包含聽力測驗在內共分為三個部分，實際的考試時間為四個小時，是一個需要花上一整天，頗具有挑戰性的檢定考試。檢定的出題範圍廣到讓人摸不著邊際，除了日語的基礎構造以外，還會考語言學、異國文化適應、教學法、教育史、評價法，國語政策、外國人政策和資訊素養等，守備範圍真是廣到不像話啊！除此之外，檢定還要求受試者對於學習日語人口較多的國家的語言（例如中文、葡萄牙文、韓文等，但會依國際情勢有所改變），在文法和音韻學上要有基礎的了解。最後是，報名費還挺貴的（二〇二〇年度，含稅的費用為1萬零8百日圓）。

檢定的合格率大約為25％左右。雖然是不算低到令人絕望的機率，但也不是抱著隨便考考看的心態就能合格的數字。

儘管日語教育能力檢定試驗並不容易，但卻沒有設定任何報考的資格限制（例如年齡與學歷）。只要受試者能忍受孤獨的自學過程，就沒必要支付昂貴的學費和較長的時間，去上大學或講座課程。只需購買參考書籍和繳交報考費，就可以為自己打開一條通向日語老師的道路。

日語老師和日本的未來

如今，日本政府的政策轉向，希望積極吸收外國人才，創造出日語教育界對於日語教師的大量需求。儘管如此，政府卻對外宣稱，這並不是移民政策等欲蓋彌彰的奇怪說法，很遺憾地，主政者似乎並不是認真地想要增加日語教師的數量。然而在現實社會中，上述的趨勢早已浮現。不論是在職場、城市裡或學校中，需要日語老師的地方只會越來越多，或者說必然會增加。

我認為，在日本國內不應該發生像外國人在職場上，只因為語言的隔閡而和日本員工產生對立，或是因能力無法受到合理評價，導致薪資和待遇上遭受差別對待的事件。支援受雇到日本工作的外國人才，本來就是日本企業應負的責任。至於支援的方式之一，就是提供他們學習日語的機會。如此一來，日語老師的出場機會就出現了。

以日本人的配偶等身分居住在日本的外國人，也不應該在地方社會中受到孤立。從祭典等特別的節慶活動，到該如何丟垃圾等日常生活行為，如果彼此互看不順眼，甚至互相排擠，只會降低生活品質，對誰都沒有好處。在這個時候，地方上的日語教室，對於生活在日本的外國人來說，就能成為他們重要的「容身之處」。像這樣的教室，現在幾乎全由義工們來營運，它們非常需要擁有日語教育基礎知識的人才共襄盛舉。

目前在日本的校園裡，外國人的孩子正在急速增加。我認為，這些孩子在日本的學校裡，也應該和日本的小孩一樣，受到平等的對待。為了讓他們能發揮自己的能力，首先應該去除的，就是語言上的障礙。但這對於經常得面臨職場過勞的各科老師們來說，並不是一個容易解決的問題。人們常說，孩子們是社會未來的寶物和希望，我們應該盡量避免只因為語言的障礙，使得這些孩子們的未來發展受到阻礙。如果因為無法靠自己的力量來解決問題，進而擴大到對未來感到迷惘的話，孩子們可能會對這個社會抱有負面的情感。這會讓原本應該成為寶物的人，反而成為社會的毒瘤。雖然這樣說有點難為情和誇大，但我認為：日語老師有能力，成為栽培這些日本未來寶貝們的力量！

讓我來說一件振奮人心的事。二〇一九年六月，日本國內通過並開始施行「日本語教育推進法」；只要法律成立了，一切就指日可待。因為此後，不論是企業、地方自治團體或學校等機關，都可以為日語教育這個項目編列預算了。另外，說不定日語老師這個職業，之後還會成立與之相關的國家證照制度喔！雖然乍看之下好像讓成為日語老師的道路變窄了，但是藉由設置明確的資格制度，日語老師的社會地位肯定會往上提升。隨之而來的是待遇改善，說得再直白一些，就是可以賺取到能夠維持生活的薪水。有了預算，就可創造更多能讓日語老師伸展的舞台，只要社會地位和收入都有保障的話，理所當然會有越多人投入日語教師的工作，年輕人也可以安心的選擇日語老師當成終身志業。

我現在雖然是一位「免證照」教師（話說不只日語老師，在日本的大學裡教授德文或中文的老師們，目前大家也都沒有證照），但如果將來有一天，教授日語的老師也和英語老師一樣，需要取得證照才能執業，並把制度建立起來，儘管腦細胞數量正以驚人的速度大幅減少中，但我仍會努力去應試，因為年紀大真的是我最大的隱憂啊！

「簡單日語」和日語老師

不知道各位讀者有沒有聽過「簡單日語」（やさしい日本語）這個社會運動呢？這是一個致力於把各種公共空間裡所使用的日語，盡量改成比較簡單且容易理解的日語的運動。具體作法如下：在漢字旁標上假名、讓句子言簡意賅、多使用連接詞，讓句子和句子之間的關係更加明確、避免使用只靠聽力卻不容易理解的同音異義詞、使用西曆而非日本的年號，最後是不過度使用敬語表現等。

這個「簡單日語」的構想，源自於在阪神大地震發生後，因為有一些位在受災地區的外國居民和訪日遊客，並沒有接受到足夠的資訊，日本社會於事後所做出的反省、修正行為。雖然當時也不是沒有用英語來傳遞資訊，但並不是每個外國人都有理解英語的能力。不過話說回來，要在發生地震或颱風等緊急情況時，使用英語以外的多種外語來傳遞資訊，原則上也很難執行。所以「簡單日語」所追求的目標即為：針對住在日本的外國人，或是對日本感興趣而前來旅行的外國旅客，盡量使用容易理解的日語來傳遞資訊。

後來有人發現，「簡單日語」不只可應用在發生災害等緊急狀況時，還能解決日常生活中，因為複雜難懂的日語表現，導致資訊無法確實傳達所引發的種種問題。因此，除了災難時的緊急逃生指示和避難處的公布欄外，現在日本街道上的各種標示、車站或電車車廂內的廣播、政府機關的公告，以至於學校給學生家長們的通知等，也都盡量使用較為簡潔且容易理解的日語來表達，並已逐漸形成一個趨勢，新的「簡單日語」運動就此展開。

在「簡單日語」推廣的過程中，產生了令人感到開心的「副產品」。首先，使用「簡單日語」時，能讓翻譯軟體的準確度提昇許多。也就是說，就算是不懂英語或其他外語的人，只要把日常生活中所使用的日語改成「簡單日語」，剩下的就可以交給智慧型手機的翻譯軟體來處理了。只是這樣，就能提供豐富的資訊。

此外，許多日本人逐漸發現，原來「簡單日語」不只對外國人有用而已。例如把官方的公文用「簡單日語」改寫後，就連普通的日本成年人，也能輕易地理解其中想表達的意思。我個人認為，如果把國會裡那些政治人物和官僚們的發言和答辯，全部改為以「簡單日語」來陳述的話，應該可以大幅縮短原本浪費在這些事情上的時間吧！不對，搞不好最後會變成，什麼內容也不剩喔！如此一來，至少比現在能更明確地發現，日本的政治到底是哪裡出了問題。總而言之，「簡單日語」就是要縮短句子的長度、省去沒有意義的修飾、去除空洞且不含絲毫敬意的敬語、釐清內容的邏輯性，最後是把話慢慢說清楚。能用「是」或「不是」回答的問題，就用「是」或「不是」來回答。

或許有點離題了，但「簡單日語」對於「聽」的方面，也能發揮出它的威力，讓廣播等的內容，變得更容易為人所理解。例如當人們使用防災無線電話時，若能使用「簡單日語」來傳遞訊息，儘管過程中還是會產生回音等雜訊，但依然可以提高清楚傳達訊息的機率。另外，吵雜空間中的廣播內容，對重聽的人來說可是一大挑戰，但播音員若能使用「簡單日語」來說話，不只是重聽的人，連一般民眾也能聽清楚廣播內所講的資訊。對於天生就喪失聽力的人來說，他們的第一語言大都為手語，但是當某些場合沒有懂手語的人時，只要使用「簡單日語」來說話，就能讓耳朵聽不見的人，也能清楚地從人們說話的口形來讀取脣語，幫助他們獲得需要的訊息。

也就是說，「簡單日語」就是語言的通用設計（Universal Design）。至於如何把文字、語言轉換為「簡單日語」這件事，其實只要有心，人人都做得到。話雖如此，若擁有一定的知識儲備，且接受過相關訓練的話，做起來肯定會更加得心應手。那麼，擅長這件事的，沒錯，就是日語老師啦！因為日語老師比較熟悉外國學習者，以及其他以手語或其他語言為母語的日本人（亦即不以日語為母語的所有人），對於使用什麼樣的文法結構比較容易理解，選擇什麼樣的詞彙比較適合等，擁有能夠精確判斷的知識。

我這麼說，不知道會不會有點老王賣瓜自賣自誇之嫌啊！

因為學習日語的人，為了了解日本文化，或為了在日本生活，每天都在努力學習。所以以日語為母語的人，是不是也能和他們一起努力呢？作法很簡單，只要彼此都能往「簡單日語」的方向更接近半步就夠了。如此一來不管是街道、學校，或是在政治領域，都會變得比現在更加「やさしい」（好懂、友善）一些。

我認為日語老師，對實現「共生社會」是很有幫助的一種職業。

老實說，一般日語學校裡領鐘點費的老師，時薪並不高。如果加上備課，以及一些後續得處理的事情所花費的時間在內，說實在的薪水真的相當微薄。但在日本政府擴大接納外國人才，以及前述的「日本語教育推進法」成立後，情況的確有慢慢地往好的方向發展。雖然或許還要等上一段時間，不過我相信，總有一天日語老師一定會成為「足以養家活口的職業」。然後，逐漸地會有越來越多的年輕人，以及在考慮如何過第二人生的人，會選擇從事這份工作。

但最重要的還是，對於喜歡語言的日本人來說，從事日語老師這份職業，能夠挖掘出各種有關自己母語的祕密，真的是相當有魅力喔！如果有更多的人能成為未來的工作夥伴，我會感到很開心的。期待各位加入日語老師的行列。

結語

過去我一直認為，出版社的「新書」系列是學識經驗豐富，專精於某個領域的專家，為了一般讀者所撰寫的書籍。因此當「ポプラ新書」問我有沒有出書的想法時，我的腦海中只冒出「無理ムリムリムリムリ、絶対ムリです」這個想法，並明確地婉拒了出版社的邀約。因為，我並不是一位專家。

然而編輯卻斬釘截鐵的告訴我「不，清水女士，您可是一位專家喔！」後面還附帶一句「唉呦……您真是愛開玩笑，哈哈哈！」

話說，我算得上是一位專家嗎？

編輯接著說，能夠在某個領域堅持長達三十年以上，絕對有資格被稱為「專家」。或者說，相較於「一般讀者」，應該擁有更多的專業知識才對，不是嗎？因此清水女士應該把自己懂的東西，毫不保留地寫出來。然後我就被編輯給說服了。接著編輯還告訴我，ポプラ出版的新書可一點都不嚴肅，不然只要想成尺寸剛好是新書系列的書就好了。

原來，我也能算是專家啊！

我是在順水推舟的情況下踏上日語老師這一行的，而且才剛入行就驚覺到，原來自己對日語所知甚少。於是慌慌張張地開始進修，甚至還進入研究所就讀，最後因沒有找到合適的研究主題，所以才中止了博士班的課程。我覺得有意思的研究主題，幾十年前，不！甚至是一百、兩百年前的學者們，早就已經注意到並解決了。因此我很清楚地意識到，自己不是當學者的料。儘管如此，因為不想離開這麼有意思的日語，所以在找到願意收留我的單位後，到如今已是花甲之年，自己仍然在教留學生日語。

因此若談到「學識、經驗」，我想自己大概只有「經驗」能勉強過關吧！但「學識」這部分，則仍然停留在讀研究所的那個階段。其實，就知識量來說，我自認還是有增加的，但這並不是因為自己肯動腦去思考所得到的研究成果，而是在被留學生們所提出的問題追著跑的同時，藉由查詢遠比我優秀許多的前人們的洞見，對其進行比對，經過一番波折後才得到的。

正因如此，所以像在第四章「來翻翻字典吧！」中，我才以心之所至的方式，書寫那些仍沒有被解決的事情。另外我想說，在日語教育上我其實已經落伍了。當今隨著網際網路的發達，就算沒有教室這樣的空間，學習者也可以找到能自由學習的方法。有關「教育」和「教師」的觀念，正在經歷天翻地覆的改變。當我聽到年輕的日語老師們的談話內容時，經常會覺得他們好光彩奪目啊！至於本書裡我所記錄下來的，是傳統且老派的教室風景。如果有讀者和我一樣，認為新書是提供新鮮知識的活泉，那麼本書的內容可能並非如此，真的很抱歉。不行、不行。怎麼把話說得越來越沒勁了呢！

本書想傳遞的，並非我想昭告世人的研究成果，也和最新的日語教育沒有關係，而是關於日語中有意思、精采，以及時常會讓人想擊節讚嘆的了不得之處。書裡的內容是身為日語母語者「不知道就太可惜了」的知識，這正是我想透過本書傳達給各位讀者知道的事情。

所謂母語，指的是不用靠學習就能記住的語言。我們會在不知不覺中，掌握母語的使用方法。母語人士就算不懂母語的相關知識，也能毫不費力地使用。然而也正因如此，母語中有許多難以做說明的地方。這就像是要讀者們來解釋如何喝水或呼吸一樣困難。

不過也正因如此，我認為當突然領悟到原來自己是這樣在呼吸的啊！那個時刻會產生一種快感。從擔任日語老師至今，我已歷過好幾次恍然大悟、茅塞頓開，像是從眼睛上掉下鱗片＊，那種讓人感到神清氣爽的經驗了。我希望本書的讀者

＊「從眼睛上掉下鱗片」：日本慣用語，出自新約聖經的〈使徒行傳〉，為恍然大悟之意。

們，也能親身經歷到和我相同的體驗。

繼我的上一本書（工商服務一下，書名叫《日本語びいき》）之後，這次的封面仍是由吉竹伸介（Yoshitake Shinsuke）先生來負責。我原本還在想，吉竹先生不斷在書市推出許多有趣的繪本，目前應該沒有時間來為我繪製封面吧……沒想到當收到這次的封面插畫時，我仍然不由自主地發出了「哇～」的讚嘆。

吉竹先生的作品很好地傳達出，正因為沒有任何人能阻止改變發生，所以語言才會這麼有意思。而且在封底，還清楚地畫出了我最喜歡的日語中唯一且最大的缺點，真是太感謝了。

我還要感謝倉澤紀久子小姐，她從我上一本著作出版後就開始關注我，也讀了我一點一點累積起來的部落格文章，並以充滿權威的口吻，告訴緊張兮兮地坐在咖啡店沙發上的我「清水女士可是專家喔！」之後還提出聽起來超級有魅力的出版計畫，「我會從清水女士連載了八年的部落格中，挑選出一些有趣的文章印出來，只要把那些內容集結起來，就能很快地完成一本書啦！怎麼樣，夠簡單吧？」雖然實際寫稿時一點也不俐落，而且也不簡單，但如果沒有那堆列印出來的內容，我還真的不知道該從哪裡下手呢！另外，非常感謝倉澤編輯的手腕，她竟然能把原本滿紙都是和貓有關的原稿內容，極具耐心地將其修改到「貓的話題有點多的日語相關書籍」這個程度，實在太厲害了。

負責圖片和版面設計的bookwall，謝謝你們為拙作所做的努力。此外我還要感謝代替放棄為書籍取名的作者，想出了本書書名的每一位參與者。

這裡還要向不時會拿酒和點心（「北海道近海產魷魚軟骨」）來慰勞我的老公，以及愛貓グリコ婆婆致上謝意，牠和老公為本書內容提供了許多段子。但グリコ在我完成初稿和最後定稿的這段期間蒙主恩召了。グリコ的貓生跌宕起伏，既「暑苦しく」也「愛くるしい」，真是一隻不簡單的貓。然後現在當我在寫作時，灰色虎斑ウリすけ仍以相當奇怪的姿勢加熱我的腳踝。

感謝各位留學生，時常給予我這位有點兩光的日語教師，各種新觀點和啟發。我想自己應該還會再教一陣子吧！今後也請多多指教。最後，各位閱讀本書的讀者們，ほんとうに、ほんとうに、ありがとうございました。

二〇二〇年春　清水由美

参考文献

・《字典かな――出典明記――改訂版》笠間影印叢刊刊行会編／笠間書院
・《日本国語大辞典 第二版》日本国語大辞典第二版編集委員会・小学館国語辞典編集部編／小学館
・《岩波古語辞典 補訂版》大野晋・佐竹昭広・前田金五郎編／岩波書店
・《日本語逆引き辞典》北原保雄編／大修館書店
・《広辞苑 第七版》新村出編／岩波書店
・《逆引き広辞苑》岩波書店辞典編集部編／岩波書店
・《三省堂国語辞典 第七版》見坊豪紀・市川孝ほか編／三省堂
・《新明解国語辞典 第七版》山田忠雄・柴田武ほか編／三省堂
・《現代国語例解辞典 第五版》林巨樹・松井栄一監修／小学館
・《岩波国語辞典 第七版》西尾実・岩淵悦太郎・水谷静夫編／岩波書店
・《新潮国語辞典 第二版》山田俊雄・小林芳規・築島裕・白藤禮幸編／新潮社
・《ダーリンは外国人2》小栗左多里／メディアファクトリー
・一般社団法人日本琺瑯工業会 http://www.horo.or.jp/

「啊—啊—」和「啊、啊↘」不一樣？

日本語不思議

日本人也想弄懂的曖昧日語妙集合

すばらしき日本語

作　者　清水由美
翻　譯　林巍翰、琉璃

責任編輯　蔡穎如
封面設計　兒日設計
內頁設計　林詩婷

行銷企劃　辛政遠
　　　　　楊惠潔
總編輯　姚蜀芸
副社長　黃錫鉉
總經理　吳濱伶
首席執行長　何飛鵬

出　版　創意市集
發　行　英屬蓋曼群島商家庭傳媒股份有限公司城邦分公司
Distributed by Home Media Group Limited Cite Branch
地　址　104 臺北市民生東路二段141號7樓
7F No. 141 Sec. 2 Minsheng E. Rd. Taipei 104 Taiwan

讀者服務專線　0800-020-299 周一至周五09:30～12:00、13:30～18:00
讀者服務傳真　(02)2517-0999、(02)2517-9666
E-mail　service@readingclub.com.tw
城邦書店　城邦讀書花園 www.cite.com.tw
地　址　104臺北市民生東路二段141號7樓
電　話　(02) 2500-1919　營業時間：09:00～18:30

ISBN　978-986-0769-52-4
版　次　2022年1月初版1刷
定　價　新台幣380元 / 港幣127元

製版印刷　凱林彩印股份有限公司

國家圖書館預行編目(CIP)資料

「啊—啊—」和「啊、啊、」不一樣？日本人也想弄懂的曖昧日語大集合 / 清水由美 著；林；林巍翰，琉璃 譯. -- 初版. -- 臺北市：創意市集出版：英屬蓋曼群島商家庭傳媒股份有限公司城邦分公司發行，2022.01
　面；　公分
譯自：すばらしき日本語
ISBN 978-986- 0769-52-4 （平裝）

1. 日語

803.1　110017150

香港發行所　城邦（香港）出版集團有限公司
香港灣仔駱克道 193 號東超商業中心 1 樓
電話：(852) 2508-6231
傳真：(852) 2578-9337
信箱：hkcite@biznetvigator.com

馬新發行所　城邦（馬新）出版集團
41, Jalan Radin Anum,Bandar Baru Seri Petaling,
57000 Kuala Lumpur,Malaysia.
電話：(603)9057-8822
傳真：(603) 9057-6622
信箱：cite@cite.com.my